ある中管理職 ill.kodamazon

会心威力依存型 最強弓使い 01

～ダンジョンの現れた世界で
無能スキル《命中補正》が覚醒しました！
無能スキル《命中補正》が覚醒しました！
強化した100%会心の一撃になる矢を
放って最速レベルアップを開始します～

CONTENTS

第一章　覚醒の弓使いとダンジョンの異変

一

「――速いな」


ダンジョンが現れてから十年、俺が探索者として活動を開始して十年。

ダンジョンに通い、兎《うさぎ》型の一角モンスター『アルミラージ』狩りで生活資金を稼ぐ日々。

そして今日もこんな階層でちまちま狩りを行っていると、目の前に金色の角《つの》を持つ『アルミラージ』が姿を現した。

出現するモンスターのデータベースに色違いの個体の記載はない。

これは必ず狩って魔石をドロップさせないといけない、そう思って弓を引いたが、矢は空を切り、ぽとりと地面に落ちた。

なんというか、色違いのアルミラージが通常の個体よりも素早いというだけでなく、俺の『弓使い』という職業がこのレベルのモンスターに対応できていないことが原因な気がする。

ダンジョンに踏み入ると地上とは異なりパラメーター、職業が与えられる。

これを元に得られたスキルは極一部地上でも使うことができ、それを利用して財を築く人もいる。

ただ、誰しもが当たりの職業に就けるわけではない。

なぜなら振り分けは完全にランダム。しかも職業の数は現在確認できているだけで数百はある。

それだけの数があれば当然ハズレもある。

俺のこの『弓使い』という職業は一見当たりに見えるかもしれないが、弓を持っていなければ攻撃力はゴミ。しかも他の職業と比較して基本スキルの性能が低すぎる。

『――命中補正』

心の中でそう念じると視界に照準器が現れる。

これが『弓使い』の基本スキル。威力を上げてくれるわけでも、技術を向上させてくれるわけでもない。

ダンジョンが現れたその年からずっと探索者を続けているが、未《いま》だに深い階層まで進めていないのはこれしかスキルを取得できていないから。

周りがファンタジーな狩りを披露している横で、こっちはいつの時代の狩りをしているのやら。

「……。若干右寄りを狙って……」

第二射。

俺は色違いのアルミラージの角が若干右についていることを確認して弓を引いた。

角がついている場所によってどの個体がどっち側に動きやすいのか、そんなことも十年間アルミラージばかりを狩っていれば分かって当然。

案の定、矢が放たれる音に反応した色違いのアルミラージは咄嗟《とっさ》に右側に身体を逸《そ》らす。それに第二射は吸い込まれるようにして、向かっていく。

ここでようやく矢を視認した色違いのアルミラージは、慌てて反対に舵を切ろうとするが、それではもう遅い。

「当たった――」

矢が色違いのアルミラージ本体を捉えたと思い、拳を握る。

しかし、矢が当たった場所は角の根本部分。しかも金色の角は折れるどころか傷もできていない。

当然色違いのアルミラージを殺すことはできず、危険を悟った色違いのアルミラージは逃走。

「はぁ。こんなに長い間探索者をしているのにあんな奴さえ満足に狩れないなんて。情けな」

『――ボーナス経験値を取得しました。レベルが29から30に上がりました。ステータスポイントを10獲得しました。職業：弓使いに就いてから十年が経過しました。条件を満たし、スキル：命中補正が覚醒しました。命中補正は【必中会心】に名前を変え、自動追尾の効果、更には確定会心の一撃の効果を得ました。照準器効果についてはお好みで取り外しが可能となりました』

「……。へ？」

ダンジョンの特徴の一つである状況説明アナウンスが頭の中に流れた。

アナウンスがどういう仕組みで頭の中に流れ込むのかは未だに分かってはいないが、これが流れるタイミングは基本レベルアップやスキル取得の際などで、そんな疑問符が浮かぶよりも先にテンションが上がってしまう。

今回に関しては『ボーナス経験値』という仕組みも気になるが……そんなことよりも今は覚醒した

SKILL UPGRADE
命中補正
必中会心
UP

スキルを試したくて仕方がない。

「どっかにまたアルミラージがいれば――」

「おい！　ボスが……ボスが通常層に！　みんな逃げろ！」

唐突に聞こえてきた探索者のあり得ない言葉に俺は振り向く。

すると視界には十階層にいるはずのボス、『ボーパルバニー』が。

金色の角を持つアルミラージといい、ボスの発生といい、十年が経過したことでダンジョンのシステムに変化が起きているのか？

「あ、あんたも早く逃げろ！　殺されちまうぞ！」

フロア内中に響くよう大声で警告してくれた探索者は、そう言って俺の横を通り過ぎていった。

ボスは通常のモンスターとは別格の強さ。一度五人のパーティーで戦ったこともあるがその時は……。

「俺も逃げないと――」

「きゅあああぁぁぁああああああ！」

逃げようとした瞬間、ボーパルバニーは鳴きながらその太い後ろ足で地面を蹴り上げた。

一気に接近してくるボーパルバニー。この速さ……逃げることは不可能か。

「くっ！」

俺は駄目元《だめもと》で弓を引く。だが、ボーパルバニーはそんな俺の矢を避《よ》けるまでもないと思ったのか、そのまま突っ込んでくる。

——死。


その文字が頭を過った瞬間、矢はボーパルバニーの額に突き刺さり……。

——パンッ！

弾《はじ》けるような音と共に、赤い光のエフェクトが発現した。

「きゅあああ……」

「き、効いてる？」

矢の刺さった箇所は爆弾が炸裂したかのように抉《えぐ》れ、ボーパルバニーの動きを止めさせた。

「これが会心の一撃ってやつか……。これなら勝て——」

「——アクアプリズン」

突然ボーパルバニーの体が水の球に閉じ込められた。しかも苦しそうに藻掻《もが》きながら……溺死。

この強力な水スキルは……。

「久しぶりだな。拓海《たくみ》」

「……。まだこんな奴に苦戦しているなんてな……。初期メンバーとしてそれは恥だぞ、一也《かずや》」

口の悪い男、そこにはダンジョンの最深到達記録を持つ同期の探索者、真田《さなだ》拓海《たくみ》の姿があった。

「なんでお前がこんなところに？　もっと深い階層で狩りをしなくていいのか？」

「五十階層と百階層のワープゲートが利用できなくなって仕方なく、だ……。まったく面倒なことになった」

「利用できなくなった？　……。いや、それより百階層のワープゲートも発見されていたのか……」

「お前がこんなところで兎を狩っている間に、な。全く成長していないわけじゃないらしいが、俺たちは既にお前の遙か先だ。もう追いつけるところにはいない。はぁ。それをあいつも分かってくれれば……」

拓海は水球の中に閉じ込められたボーパルバニーを見ながら言葉に影を差した。

「まだ期待してくれているのか、朱音《あかね》は」

「まったく困ったもんだよ。……。そうだ、お前も気づいていると思うが十年という月日が経《た》ったからなのか、今みたいにダンジョン内で異変が起き始めている。だからまぁ……気をつけろよ」

「ああ、ありがとう」

結局拓海は俺と目を合わせることもないままに下の階層へ向かってしまった。

言葉に刺があるものの、『気をつけろ』なんて言葉が出てくるのが拓海らしい。

「それにしてもボスか……。俺も狩場を変えるか？」

ダメージは与えられたが、距離を詰められて危険な状況に陥ってしまったことを思えばそれが無難な判断。

せめてボスが怯《ひる》むくらい攻撃威力があればいいのだが……。

「そういえばステータスポイントが獲得できていたんだっけ？」

ステータスポイント。それはレベル30から増える要素で、それを振り分けることで攻撃力や防御力などのパラメーターを自分なりにカスタムできる。
これの振り方によって同じ職業、例えば剣士でもタンク、アタッカーなど異なった役割をこなすことができるようになるのだ。
「さて、どういったカスタムがいいか……。とりあえず」

『――ステータス』

名前：飯村一也《いいむらかずや》
職業：弓使い
年齢：28
レベル：30
HP：40／40
魔力総量：5
攻撃力：30
魔法攻撃力：8
防御力：20
魔法防御力：20
会心威力：1500％

スキル：必中会心
ステータスポイント：10

心の中で『ステータス』と念じると俺の目の前にステータス画面が現れた。

ダンジョンの仕組みは全体的にゲームに似ていてとっつきやすい。だがそれが原因で、現実との境が曖昧《あいまい》になり、無暗に突っ込んで死んでしまう探索者も少なくはないのだとか……。

「……。取り敢えず攻撃……いや、確定で会心の一撃になるなら『会心威力』でもよくないか？」

ステータスポイントは基本1ポイント振り分けることでパラメーターも1上昇する。

ただ会心威力に関しては％表記。そもそも会心威力なんて振り分ける人はいないからその上り幅も分からない。

そんな不明な点が俺の好奇心を刺激する。次いつレベルが上がるか分からないのだから無難に振り分けたほうがいいっていうのは分かるのだが――

「きゅっ？」

ステータスポイントの使い方に頭を悩ませていると、さっき逃がした色違いのアルミラージがいつの間にかボーパルバニーの死体の側に……。

同じ兎型のモンスターとして可哀想《かわいそう》に思ったのか、アルミラージは水の中にその金色の角を突っ込んで死体をつつく。

すると次第にアルミラージの角の色が通常色に変化、反対にボーパルバニーの鋭く突き出た一本の歯牙が金色に染まり始めた。

歯牙が完全に金色に染まるとアルミラージはぱたりと地面に倒れ込み動かなくなる。

「これは……。色違いなんていうレアな個体がちょっと素早いっていう特徴しかないなんてこと、あるわけないよな」

水の中で赤い瞳に生気を宿すボーパルバニー。

それを閉じ込めていた水球は制限時間が切れたのか、ただの水へと戻り地面に落ちた。

一転して大ピンチ。

攻撃にステータスポイントを振っても、10上昇は大幅な威力アップには繋《つな》がらない。それに色違いの個体に変化したボーパルバニーはステータスが強化されている可能性もある。

そうなるとここは一縷《いちる》の望みに懸けて会心威力に全振りするしかない。

『会心威力にステータスポイントプラス10。会心威力が1500%から2500%に強化されました』

「……マジでか」

頭の中に流れた強化内容。

それは1ポイントで会心威力100%増加を知らせるとんでもないもの。

「きゅあああああああああっ！」

異常な強化が施された会心威力の数値に驚いていると、ボーパルバニーが左右にステップを踏みながら向かってきた。

これは俺の攻撃が『直線状の単調なもの』だと最初の一撃で学んだからこその距離の詰め方。

どこか楽しそうにも見えるそんなボーパルバニーに向けて、俺はとりあえず弓を引く。

これはスキル『必中会心』の解説を聞き、狙いを定めるなんて行為をする暇があればさっさと弓を引いたほうがいいと判断したからなのだが……本当に追尾なんてしてくれるのだろうか。

「――きゅ……。きゅあっ！」

「おお……」

矢は一度ボーパルバニーに躱《かわ》されてしまったが、そのまま地面に落ちるでも、壁に刺さるでもなく、旋回して標的であるボーパルバニーを追い始めた。

ボーパルバニーもこの矢の挙動には驚きを隠しきれないようで、一瞬動きを止めた。その間にも矢は勢いを殺すことなく飛び、ボーパルバニーの眼前に迫る。

すると『ボーパルバニー』は慌てた末、矢を避ける余裕がなくなったのだろう、その金色の歯牙をさらに突き出して矢を受け止めようとしたのだが……。

――バキ。

金色の歯牙は赤い光のエフェクトが現れると同時に簡単に折れた。

さっきはアルミラージの金色の角に傷一つ入れられなかったっていうのに……。

「会心の一撃様々だな」

そもそも会心の一撃なんてこの十年で一度も発生させたことがなかった現象であり、まるで宝くじで当たりを引くようなもの。

それを確定で発生させられるこの『必中会心』というスキルはチートスキルと言っても過言じゃないかもしれない。

これは今後ステータスポイントを会心威力に極振りしろと言われているのかもしれない……。

「きゅ、あ……」

「歯牙を折っただけじゃHPを削り切れはしない、か。なら今度はその額にぶち込む」

歯牙が折れた痛みで俺に攻撃を仕掛けるどころではなくなったボーパルバニー。だが俺はそれに躊《ちゅう》躇《ちょ》なんてすることなく弓を引いた。

放たれた矢はその額目がけて一直線。

ボーパルバニーは矢が近づいていることに気づく素振りもなく……。

――パン！

命中。一度矢を当て肉が抉れた場所に再び矢が当たると、今度は頭の骨や脳までが弾け飛び、ボーパルバニーの息の根を完全に止めた。

「凄い、な。……。そうだ、これだけ珍しいケースなら……」

ステータスポイントを振ったことで、桁違いに威力が上がっているということを再認識。俺は金色の歯牙に触れた。

普通殺したモンスターは時間経過、或《あ》いは触れることで魔石へと変換されるのだが、稀《まれ》に破壊した部位をそのままアイテムとして拾得することができる。

俺はこの金色の歯牙がそれに該当すると判断したというわけだ。

「――やっぱりか」

『アイテム：人殺し兎の金色歯牙。効果：なし。説明：ボーパルバニーの金色の歯牙。死んでしまったモンスターに自らの生命を譲渡し、復活させることができる。また自らの生命を犠牲にステータスの一部を譲渡することもできる。自分より強いモンスターを生かしより強いモンスターを誕生させるために用いられることがある』

「より強いモンスターを生み出すために、か」

歯牙に触れるとアイテムの詳細が強制的に浮かび上がった。

初めて入手するアイテムに関しては詳細が必ず浮かび上がり、二回目以降は念じることで再び確認できるようになる。

アイテムによってはこの説明欄にギャグ的なことが書かれていることもあるのだが、今回書かれていた内容は不穏としか言いようがない。

やはり十年という歳月を経てこのダンジョンに異変が訪れているのだ――。

『ボーパルバニーの金色部位を破壊。その後討伐が完了。条件を満たし、大量に経験値を得ました。レベルが30から35に上がりました。ステータスポイントを10獲得しました』

「……30から35？」

再びのアナウンス。

その内容はまさかの一気に5レベル上昇というもの。

色違いのモンスターの出現は不穏なだけではなく、大量経験値を得るためのチャンスなのかもしれない。

「そうだ。魔石の回収も忘れずにしておかないと。……。凄いのは経験値だけじゃないみたいだな」

ボーパルバニーの死体は俺が触れると綺麗《きれい》に消え、大きな魔石を落とした。

『アイテム：人殺し兎の魔石（極大）、効果：水源、説明：強化された『ボーパルバニー』の体内で生成された魔石。蓄えられた魔力は行使することで膨大な水を生み出す』

魔石は新しい資源として国に買い取られ、その大きさや効果によって買い取り額が変動するのだが……。極大なんて初めて見た。それに水を生み出すという効果は高価買い取り対象だったような……。

「何かもうお腹《なか》一杯って感じだな。……帰るか」

一度自分の身に起きた出来事や入手したアイテムを整理するため、俺はダンジョンから出ようと階段を上ったのだったが……。


「――多いな……」

ダンジョンを出ると普段よりも多い探索者が入り口付近でたむろしていた。

だがそれはコンビニの前で座って喋《しゃべ》っている学生みたいな雰囲気ではなく、傷の治療に追われて焦っていたり、顔面蒼白《そうはく》でしゃがみ込んだままになってしまっていたりと緊迫した空気。

「次、こちらの方運びます！」

「医療班の人がこんなに……」

ここダンジョンの入り口は巨大なビルの地下二階にあり、上階には医療施設などが設けられていている。

そのためこの場には医療施設の人たちがあっという間に、そして続々と姿を見せ、致命傷を負った人はエレベーターに乗せられていく。

まさか医療施設の人たちも一度にここまでの怪我人《けがにん》が出ると思わなかったのだろう、どこか冷静さに欠けているような言動が見受けられる。

大変だとは思うが素人の俺では治療の手助けはできない。できることといえばダンジョンでの出来事の報告くらい。

「——こっちから行くか」

俺は報告のため、エレベーターではなく階段を使って探索者窓口へと向かう。

探索者窓口では探索者になるための申請や探索者というものについての説明会、探索者限定で魔石やモンスターの素材の買い取りを行ってくれている。

それ以外にも証明書の発行・更新も行っていて、役所に近い役割を担っている。

そんな探索者窓口の場所はビルの十階。

探索者を優遇する商業施設よりも上の階にそれはある。

これは一般の人たちでも商業施設を利用しやすいようにと、特殊な空気感のある探索者窓口を一般の人の目につきにくい場所にした結果らしいのだが、エレベーターが使えない現状だと非常に面倒くさい。

ちなみにビルの地下一階が医療施設になっており、これも一般の人たちの目に入りにくくするためらしい。

一々そんなことを気にするくらいなら探索者限定の施設にすればいいと思っているのだが、ここを潤滑に運営していくには、魔石などの買取を行う他に一般の客層から利益を得ることも重要なのだとか。


「――はぁやっと着いた」

「ダンジョンでの異変情報を提供してくださる方はこちらの用紙に記入していただいた上でボックスに入れていただけると助かります。メールでの報告も受け付けていますが、現在サーバが混雑しており届くまでに遅延が出ていますので、探索者全体に早急に情報を伝達するために用紙への記入をお願いします」

探索者窓口に到着すると複数の探索者が待機用のソファで用紙への記入を行っていた。きっと窓口の人もこの状況を察して個人ごとにしっかりと対応している時間はないと判断し、こういった方法で情報を集めているのだろう。

若い人がボックスの中身をこまめに回収している所を見ると、早いうちにダンジョンのまとめ情報がメールで送付されてきそうだ。

俺はそんな様子を眺めると整理券を貰《もら》い、自分もその用紙に記入をしながら買取りを待つ。

『金色の部位を持つモンスター、蘇生《そせい》能力、大量経験値、ボスのランダム湧《わ》き』

こうやって書き出してみると、起こった出来事の異常さが浮き彫りになるな。

「では次五番の方」

「はい」

書き終えた用紙をボックスに突っ込むと俺は買取りカウンターへと案内される。

さて、これがいくらくらいの価格になるのか楽しみだ。

「ではまず証明書のご提示をお願いします」

「はい」

これがないとダンジョンに侵入できても、そもそも魔石を買い取ってもらうことができない。

『――探索者の証明書』

ちなみにこの証明書の発行には五十万円の費用がかかり、すぐに支払えない人はその分の魔石を集めて他の探索者に魔石を担保にお金を借りることがある。

詐欺行為に繋がる可能性が高い行為なので、国としてはこれを禁止しているのだがこの手の事件で裁判沙汰《ざた》になる人は未だに多い。

「ではお預かりいたします。口座登録がお済でしたら口座にお振り込みいたしますが、現金手渡しも可能です。ですが支払額、支払い先情報は税務署に送られますので確定申告を忘れず行っていただくようにお願いいいたします」

「はい。じゃあそのまま口座振り込みでお願いします」

「かしこまりました。それでは取得したアイテムを拝見してもよろしいでしょうか?」

「はい」

俺は金色の歯牙と極大の魔石を取り出して、カウンターの上に載せた。

すると、受付のお姉さんは目を見開いてじっとそれを見つめはじめる。

探索者窓口で働く人たちはアイテム買い取りをするために事前にダンジョンアイテムの目利きの資格を取得している。その場ですぐに査定ができるのでいつもはそんなに時間はかからないのだが……。

「少々お待ちください。すみません！　査定補助お願いします！」

女性はカウンターの奥にいた人を呼び出した。

「――補助なんて久々ね」

奥から出てきた女性はこの人の上司なのだろうが、こっちまで委縮しそうなほどの雰囲気。

自然とこっちまで息を飲んでしまう。

「すみません。このアイテムの査定は私一人では……」

「なるほど……。ちなみにあなたはいくらだと思ったの？」

「魔石に関しては五十万、素材に関しては十万円程かと……」

「残念、この魔石は百万円。素材は……未発見の物、しかも今話題になっている異変の究明の手掛かりになるかもしれない物だから……。これも百万円でいいわ。値付けが高すぎるって国からクレームを入れられるかもだけど……。査定者に私の名前を記載すればいいから。それじゃあ後は頼んだわよ」

「はい。ありがとうございます」

上司の女性はあっさりと高額を言ってのけると後の仕事を任せてカウンターの奥に戻っていった。

まるで変わらない表情。

普段もっとレベルの高い探索者の相手をしているようなこの界隈で有名な人なのだろう。

「失礼いたしました。それではこちらを計二百万円で買い取らせていただきます。何かご不明な点などなければこちらにサインをお願いします」

「はい。ありがとうございます」

日給二百万円か。昨日までは日給一万円を割る日もあったんだが……どうしよう俺、成金になっちまうよ。

「──おい見たか、あいつ江崎《えざき》さんに査定してもらってたぞ」

「じゃあとんでもない魔石、それか素材をダンジョンで手に入れたんだろうな」

「この状況のダンジョンで得するとか何か怪しくないか？　もしかしてこの異変に一枚噛《か》んでるんじゃ……」

「それあるな。しかもあいつ、初期の探索メンバーだったっていう飯村だろ？　俺たちよりダンジョンのことを知っているはずだし、自分がなかなか強くなれないからって逆恨みで……」

買い取りをしてもらっただけなのに見当外れの陰口がそこら中から聞こえてきた。

あいつらはその声量で聞こえてないとでも思っているのかな？　折角大金を稼いだっていうのに不快極まりない。

こんな日は日の高い時間からしこたま酒を飲んでもいいか──。

「あなたたち、他人の買い取り査定を勝手に詮索《せんさく》するのはマナー違反よ。それとダンジョンの異変は恐らく百階層以降でも現れているわ。彼のように上層で狩りをしている人にどうこうできるわけがないわよ」

「——あ、えっと、すみません朱音さん……」

「……あなたとは名前で呼ばれるほどの仲ではないのだけれど。ただただ、不快ね。ちょっと注意するだけにしようとも思ったけど……。あなたの所属ギルドは？」

「あ、あの、それだけは勘弁してください。俺の稼ぎはギルドあってのもので……」

「それなら探索者としてのマナーくらい守りなさい。いいわね？」

「は、はい」

一際大きな声で俺の陰口を言っていた男たちはそそくさとその場を後にした。

それを見た他の探索者は俺に視線を向けるのを止めて、自分の作業やスマホに視線を落とす。

「久しぶりね、飯村君。あんまり他の人のことを根掘り葉掘り聞くのもマナー違反だと分かっているけど……。江崎さんに査定してもらったっていうことは……その、もしかしてかなりレベル上がった？」

相変わらず只《ただ》ならないオーラというか威圧感を放ちながら話しかけてくる朱音。真面目な赤ジャージ姿っていうのもある意味で迫力がある。

「……。まだ35だな」

「そっか……。実はギルドのメンバーを久々に募集しようって案が出ているんだけど……」

「ダンジョン攻略最前線のギルドに俺程度が交ざれるわけないさ」

「……確かにレベルはあれかもだけど、リーダーシップもあるし、私が交渉して飯村君をメンバーにすることも……」

「今のままじゃあいつらが納得しないだろ？　さっき拓海に会ったが皆俺の遙か先、もう追いつけないって面と向かって言われたよ。……朱音はもう俺に気を使う必要はない。今のメンバーだけでダンジョン攻略頑張ってくれ」

「……」

「それと拓海が一人で五十階層と百階層の様子を見に行ったぞ。ワープゲートが利用できなくなったからって。多分ギルドメンバー、特に朱音に不都合が出ないようにこっそり一人で向かったんだと思う。ただ流石《さすが》にしんどい仕事になるだろうから助けに行ってやってくれ」

「飯村君――」

「そうだよな、その証拠が必要だよな。えっと……。拓海ならワープゲートが利用できなくなったことを既に報告済みのはず、あいつは気が利くところがあるから。――あの、そういった報告ってもうありますよね？」

「え、えっと……」

「その内容なら既に報告メールが送られてきていたわ」

俺たちの様子をちらちらと見ていた査定してくれた女性に質問すると、すかさず江崎さんがフォローに入った。

優秀な人は至る所でアンテナを高く張っているものらしい。

「確認ありがとうございます。ということで俺は臨時収入も手に入れたからここで……。改めて頑張れよ」

「飯村君……。私が探索者に誘ったのに、その、ごめんなさい」

「これはこれで楽しいから気にするなって。……俺こそ弱くてごめんな」

俺は久々に会った初期メンバーであり幼馴染《おさななじみ》の姫川《ひめかわ》朱音に謝罪の言葉を送ると、探索者ビルを出てスーパーで高めの缶ビール六缶パックとつまみを買い漁るのだった。

二

「――『弱くてごめん』、か……」

私は飯村君が探索者窓口から去っていく姿を見ながら呟《つぶや》いた。

飯村君とは小学校から高校まで一緒の学校に通っていた仲。昔の飯村君は活発で、ちょっとやんちゃだけどいつも周りに人がいて……。中学校のころは飯村君のお陰でどれだけ救われたか……。

そんな飯村君みたいになりたくて高校からは学級委員長に立候補したり、生徒会に入ったりして、私は内気な自分を変えようと努力して……。

だから憧《あこが》れの人と探索者として一緒に仕事ができるって最初は喜んでいたんだけど……。

「はぁ……。謝らせたいわけじゃないのに。私はただ感謝の言葉を……」

……感謝だけじゃない。本当に伝えたいのは、もっと……。

「あらあら『ファースト』の代表は案外乙女なのねえ。これはいいこと知れたかも」

「江崎さん……。はぁ。後輩の指導、育成、それにこのダンジョンの異変で忙しい時に盗み聞きなんて」

「盗み聞きっていうか、あなたの独り言が大きいのよ。まぁ恋は盲目なんていうから仕方ないかもだけれど」

「こ、恋なんて私は――」

「その顔で誤魔化《ごまか》せるほど私は疎《うと》くないのよね。あの探索者と違って。いやぁそれにしても真面目なイメージの代表さんがねえ。こりゃあ酒の肴に持ってこいだわ」

「あんまりからかわないでください。その……こっちは真剣なんです！」

「あはは、ごめんなさい。でも真剣だったらその格好はちょっとどうかと思うわよ」

「これは、昔私らしいって……。『似合ってる』って褒めてもらったからで……」

中学校の時、『朱音は真面目だからジャージが似合う』って制服を汚されてジャージで下校する私を飯村君が褒めてくれた。単純かもしれないけど、その時の思い出を忘れられなくて、今もできるだけ真面目な雰囲気のあるこの赤いジャージを着ている。

思えばただのフォローだったのかもしれないけど……。あの時は本当に嬉《うれ》しかった。

「それ本当に褒められてるの？　まぁいいわ、どうしてもその格好を続けるなら……。こうしたほうが間違いなく効果的よ！」

「え？　ちょっと！　これはいくらなんでも！」

江崎さんによって胸の下まで下ろされたジッパー。中途半端に止められたせいで、胸を強調するような見た目に。

「あら？　見せてもいいキャミソールよね、それ」

「そ、そうですけど。こんな着方は――」

『『似合ってるぞ、朱音』。うん。間違いなくそう言われるわね。それもちょっと照れながら。折角大きな胸なんだから見せてかないと損よ」

「……そうですか？」

「賭けてもいいわ。なんなら今反応を見てくれれば？　まだ近くにいると思うわよ」

見せてもいいっていってもしっかり谷間が……かなり恥ずかしい。けど、今日の飯村君はどことなく昔の雰囲気があったような気もして、一時期よりも話しかけやすい気が……。『思い立ったら吉日』、なのかな？

「……信じますからね」

『ちょろいわね。これだからからかうのって……』

「何か言いました？」

「なんでもないわ。それより早く追いかけたほうがいいわよ」

江崎さんが小声で何か言ったから気になったけど、とりあえずそんなことは頭の隅に追いやって飯村君の姿を探し始めて……。その姿は案外簡単に見つけられたのだけど……。

「……やっぱりまだ恥ずかしい。でも、見せたい気も……。他の人にはどう見られても気にならないのに……。あーもう！　もうすぐ三十歳だっていうのに、何をやっているのよ私！　これじゃあ完全にストーカーじゃない！」

少し攻めた服装を意中の人に見せるという照れと戦いながら、私は買い物、それに自宅に帰る最中の飯村君の後をこっそりと追って……。結局は飯村君の家の近くでしょうもない葛藤《かっとう》と戦いながら時間を浪費してしまったのだった。

三

「――頭いてぇ……。こんなにしっかり飲んだのなんていつ以来だ？」

いろいろなことが起きたその後、俺は家に着くと動画配信を眺めながらの一人飲み会を開催。睡魔に襲われていつの間に寝てしまうほど深酒をしてしまったせいで二日酔いが酷《ひど》い。

今日はもうダンジョンには行けないな。

そもそもこの十年間どれだけ短い時間でもダンジョンに侵入することを忘れなかったから、今日くらいはゆっくりしても罰は当たらないだろ。

「時間は……昼前か。よく寝たな」

テーブル兼炬燵《こたつ》の中から出ると、スマホを片手に冷蔵庫を開く。

キンキンに冷えたミネラルウォーターの蓋《ふた》を外し、胃の中に流し込むと頭がすっきりしたような気になる。

ただ今日はもう外に出る気がしない。

「何か面白いゲーム配信でもやってないかな?」

スマホを操作しながらさっきまで寝ていた場所に戻る。

こうやって暇な時間になると動画配信視聴以外趣味らしいものがないことにハッとさせられてしまうが、特段何かしようとは思わない。

高卒で探索者っていう職に就いたから気づく機会がなかったが、俺って実は引き籠《こ》もり気質なのかもしれない。

「──この動画群、やっぱり話題になってるか」

『ダンジョンに異変、探索者業終了のお知らせ』、『死亡者続出! 絶対ダンジョンに行くな!』、『潜入! 探索者ビル!』

ゴシップ系の投稿者やテレビ局公式のチャンネルによるダンジョン特集動画が急上昇の上位にいくつも入っている。

ゲーム実況を見たい気分だけどちょっとだけ覗《のぞ》いてみるか。

『──ダンジョンの入り口がある地下フロアに行く階段にはマスコミ対策として柵が張られ、エレベーターも探索者とそれに関係する人以外は利用が禁止されている状況です。SNS上では知り合いの探索者が帰ってこない、探索者窓口の人から電話が掛かってきたなど、報告が相次いでいます。これについて探索者窓口の運営に関わるダンジョン省は公式サイトにて警告文、改めてダンジョンで重傷、死亡してしまった場合の責任についての説明文を掲載しています』

「上は批判対策に必死か……。これを機にあのバカ高い武器とか防具の値下げは……流石にないか」

『探索者ギルド【ファースト】の代表である姫川朱音さんは、自分のギルドの仲間でさえ帰還《きかん》していないと発表。未だにダンジョンへ侵入する低レベル探索者たちに注意を呼びかけている状況です。更には自分ですら倒せないモンスターがいたとSNS上で呟いたことが話題になっています。一部では十年間レベル上げを怠ってきたのでは？　と炎上を起こそうとするアンチコメントも見受けられます』

朱音が勝てないモンスター？

俺が知っている限りでは朱音は探索者の中でも五本の指に入る実力者だったはず。

それがこんな発言……あの後朱音の身に何かあったのか？　それに帰ってこないのって拓海のことか？

『ダンジョンの異変に混乱する探索者たちですが、その異変は私たちにも及んでいます。なんと探索者ビル付近に住む人たちが今までダンジョンに進入しないと得られなかった【ステータス】を取得し始めたのです。更には探索者が地上で一部のスキルを使用することができるように、地上でのステータスの確認は全員が可能だそうです。魔石の買い取り量が減れば電気代、水道代が高くなると焦っている人がいるでしょうが、探索者によるスキル犯罪のほうが早い段階で問題となるでしょう』

「外でスキルが使える？　マジでか？」

どんなスキルが使えるのかにもよるがそれはまずい。

探索者は面接などで選ばれた人たちではない。はっきりいって人柄はピンキリ。

早く対策を練らないと、大変なことになるぞ。
「しかも全員ステータス確認もできるって……試してみるか」

『ステータス』

名前：飯村一也
職業：弓使い
年齢：28
レベル：35
ＨＰ：50／50
魔力総量：10
攻撃力：50
魔法攻撃力：13
防御力：30
魔法防御力：30
会心威力：２５００％
スキル：必中会心
ステータスポイント：10

「本当にできた……。それでステータスポイントは10か……。これもまた全部会心威力に――」

――ブィー。

ステータスポイントを振ろうとした時、スマホに通知が届いた。

差出人は、『探索者窓口』。俺はそれを確認すると通知からメールを開いた。

『ダンジョンの入り口からモンスターが現れました。お近くにお住まいの方は早急に討伐へ向かっていただけると助かります』

「……近いのが仇《あだ》になるなんて思いもしなかったなぁ」

ズキズキと痛む頭を押さえ、文句を呟きながらも俺は準備をすると、なるべく急いで家を出た。

外でのステータス表示、スキルの顕現、それにモンスターの出現……。もしかしたら今後探索者は消防団と同じくらい忙しい仕事になるかもな……。

「――って凄い数……」

徒歩で移動すること十分。

高くそびえ立つ探索者ビルの周りにはマスコミの人たちが群れていて、中に入ることは難しい状況。

この人たちは中が大変な状況になっていることを知らないのかな？

「あ……。探索者の方ですよね？　今ビルは一時的に封鎖していますが裏口を開放していますのでそちらからお願いします。メールにも記載のとおりモンスターが数匹ダンジョン入り口から現れて……

こんな状況ということもあって建物内には探索者の方々が二、三人。探索者窓口からも加勢を出してはいますが……。お忙しいところ申し訳ありませんがすぐに加勢をお願いいたします」

人だかりに紛《まぎ》れて探索者が駆けつけるのを待っていたのだろう、探索者窓口の女性は俺の姿を見るなり、通常は搬入口として利用されている場所へ俺を案内しはじめてくれる。

「探索者の方々全てのお顔を覚えてはいないのですけど……。昨日の買い取りが衝撃的であなたのことは覚えて……。とにかくすぐにお声かけできて良かったです」

なんで俺の顔を見て気づいてくれたのかと思ったが、この女性は昨日買い取りを担当してくれた女性か。

慌てているせいか、仕事着ではなく私服だったから気づけなかった。

「それで今はどんな状況ですか？　既に何人か戦っているなら安心なのでは？」

「それがモンスターの攻撃力に関しては問題ないみたいなんですけど……なかなかダメージが入らなくて」

「ダメージが入らない？」

「はい。金色の体を有していて、しかももう少しで倒せると思えば死んだ通常の個体にその金色の身体が引き継がれて蘇生。その際にＨＰも回復していて……非常に癖の強いモンスターたちです。ダンジョンで起きている異変の一つとして昨日情報をいただいていた内容ではあるんですけど……。あんなに硬いなんて思ってもみなかったです」

昨日戦った金角のアルミラージみたいな奴らがいるってことか、しかも今度は全身が金色。

それは確かに面倒。だが……。あんなに取得経験値の美味《おい》しいモンスターが複数いるのか。

「――この先ダンジョンの入り口があるフロアに繋《つな》がる扉があります。残念ながら私はレベルも低く戦えません。申し訳ありませんが案内できるのはここまでとさせてください」

「分かりました。案内ありがとうございます」

俺は女性に会釈をすると早速その扉を目指し走った。

「――随分派手にやってるな」

そしてしばらく進むと激しい戦闘の音が……。それにモンスターの鳴き声も微《かす》かに聞こえてくる。

この先は間違いなく戦場。……緊張のせいか二日酔いの頭痛も気にならない。

「ふぅ……。弓を構えて矢を装填《そうてん》」

俺は戦闘の準備を整えながら鼓動を高鳴らせ、その扉を開けた。


すると……。


「――『業火の雨』」

待っていたのは降り注ぐ無数の火球。

それは一箇所に向かって落ち、局部的に火の海を作る。

「……凄いな」

「あれでもほとんどダメージはないよ。残念だけど。すまないが俺たちは撤退させてもらう。せめてあれよりレベルの高い探索者じゃないともう役に立たない……くそっ。まさか探索者が窓口の人に頼って逃げることになるなんて」

その様子を眺めていると傷を負った三人の探索者が足を引きずりながらも状況を説明して俺の視線の先を横切っていった。

「あれでダメージがない？　窓口の人？」

「きゅううぅぅぅぅう」

「ちっ！　防御力だけじゃなくて相性も悪いな」

三人の探索者たちの言葉に疑問符を浮かべていると、火の海の中に流される五匹の金色スライムが見えた。

そんな金色スライムたちは慌てるどころか大口を開けて火を吸い込みはじめるとあっという間にそれを飲み込んでしまった。

元々スライムに対して炎系の攻撃は効果が薄いとされていたが、金色スライムはそういった耐性部分も強化されてしまっているらしい。

「こうなると肉弾戦しかないけど……。もってね、私の脚！」

一人の女性が痛みを耐えるような表情で金色スライムたちに突っ込んでいく。その顔には見覚えがある。昨日査定をしてくれた女性、確か名前は……江崎さんだったか？

「——あーもう！　本当に硬いわね！」

武器はレイピア。火を纏《まと》っている状態なのは江崎さんのスキルなのだろう。

凄まじい剣戟《けんげき》だが金色スライムはそれを軽々と受け止め、江崎さんの周りを取り囲む。

そして一匹のスライムが大きく口を開き、今度は江崎さんを飲もうとする。

「まずい！」

見事な戦いぶりに息を飲んでいたが流石にまずいと感じ、俺は慌てて弓を引いた。

念には念で移動中にステータスポイントは振り分け済みだが、あの攻撃でダメージがほとんどないのなら俺の攻撃も――。

「――きゅっ！」

「え？」

「……効いた」

矢はいつものように会心の一撃のエフェクトを発現させて炸裂。

江崎さんの身体を飲もうとした金色スライムは俺の予想とは異なって気持ちいいくらいに爆散した。

『――レベルが35から38に上がりました』

金色スライムを倒したことでまたレベルが上がる。

本来の通常個体から得られる経験値が算出されているのか、ボーパルバニーの時ほどレベルは上がらないが、それでもこんな簡単に3もレベルアップできるのは気が動転する。

「会心の一撃……。ふふ、硬いモンスターには確かにそれが一番か。適材適所ってことなら私は業務と同じでサポートに回らせてもらうよ。あんたは第二射の準備をしな！」

江崎さんはレイピアをしまうと、先ほどよりも小さく弱々しい火球を掌《てのひら》から発射しながら金色スライムの近くを走り回り、金色スライムたちを俺のいる場所から引き離してくれる。

弓使いは防御力が低いことでも有名だから万が一を考慮してデコイ役を買って出てくれたらしい。

俺の攻撃はあくまで単体攻撃。

射撃中を他の個体に襲われたらたまったものじゃないから、これは非常に助かる。

「ただ、動かれると狙いが……。江崎さんが的になる可能性もあるから慎重に――」

「上に構えて！」

その言葉と同時に江崎さんは追ってきている金色スライムたちのもとにわざと突っ込み一匹を両腕で捕まえた。

そしてそれを高く宙に放る。

最高のお膳立てに俺が悠々と弓を引くと、再び金色スライムは爆散。

蘇生の隙《すき》すらも与えないほど木っ端微塵《こっぱみじん》。

この爽快感は例えようがないな。

「痛っ！　……あ、あと三匹！」

江崎さんが一瞬右足を引きずるような素振りを見せると、スライムの突進攻撃が腕を掠《かす》めてしまった。

硬度が高いだけあって皮膚を裂くくらいには攻撃力があるらしく、江崎さんの腕には切り傷が。

それでも気迫で金色スライムを摑《つか》むと再び放り投げてくれ、俺はそれを射る。

そうして残りは二匹。俺のレベルは41に。

「――くっ、脚が……」

「きゅっ！」

苦しそうな顔で江崎さんが脚を止めると、金色スライムはなぜか江崎さんではなく俺に視線を移した。

恐らくここまでの戦闘で本当の脅威が俺だと気づいたのだろう。

高速で近寄る金色スライム。江崎さんが慌てて火球を撃ち出すが金色スライムはもう止まらない。

俺も急いで弓を引いたが、仕留められたのは一匹だけ。

取り逃がした一匹は俺の懐に潜り込んでいる。

そんな金色スライムはゴムのように身体を伸ばすと体当たりの準備を整え、そのまま俺の腹に飛び込んできた。

「ぐっ！」

例えるならデッドボールの数倍の痛み。

意識が飛ばないくらいの痛みのせいで交通事故のように痛みを忘れるなんてこともない。

当たり所が良かったのか、骨が折れる音はしなかったが、痣《あざ》はできているだろう。

小さい身体に吹っ飛ばされた俺はそのまま地面に落ち、金色スライムはそんな俺に追撃しようと再び身体を引っ張りはじめる。

「間に合、え……」

急いで矢を装填しようとするが、弓を引くよりも金色スライムが飛び出すほうが速い。

もう一度これを喰らったら今度こそ意識は飛び、当たり所が悪ければ――。

『空間爆発』」

最悪の事態になった時の自分の姿が頭を過《よぎ》ると、唐突に俺の正面で小爆発が起きた。

爆発によってダメージを負った金色スライムは突進の勢いを殺し、一度様子を窺《うかが》う為か反対方向に身体の舵を切った。

「飯村君！　そいつは私が処理するから離れ――」

「ナイスだ！　朱音」

俺は朱音が言葉を言い切る前に弓を引いた。

背を見せた金色スライムには矢が刺さり、同じように爆散。

レベルは44にまで上がった。

……どうなるかと思ったが、結局朱音に助けられてしまった。これは何かお礼をしてやらないと。

「朱音、危ないところ助かった――」

「飯村君、がやった？　本当に？　……私、夢見ているわけじゃないよね？」

朱音は俺の急激な変化にお礼の言葉を聞く余裕もないらしい。

……というかなんていうジャージの着こなし方してるんだよ。

「私、爆発の威力は確かに抑えたけど……。それでも飯村君の矢よりも威力はある筈《はず》なんだけど……」

刺さるような視線。それは何かを疑われてるような……。まぁいくらレベルが上がったとはいえまだまだ平均値より下だから疑問に思うのは不思議じゃないが……。

「助かったわ『ファースト』の代表。それに昨日の極大魔石君。まさか全矢会心の一撃なんてとんでもない豪運……いや、あれはスキルかしら？」

「会心の一撃！　あの赤いのって会心の一撃だったの？　だから硬い相手にもダメージが……。っていつの間にそんなスキルを？　もしかして昨日言ってたレベルは嘘《うそ》？」

興味津々といった表情でにじり寄る二人。

地上にモンスターが現れたなんてとんでもない事件が起きたとは思えない雰囲気だ。

「……『必中会心』。俺の放つ矢は外れない上、１００％会心の一撃になる。まさか会心の一撃が防御力無視効果を含んでいたなんて今知ったよ。それと俺は嘘をついてない。昨日までのレベルは確かに35。それで今は44。あの金色のスライム、それに金色の部位を持つモンスターは特別に経験値が高いらしい」

「『必中会心』……。聞いたことのないスキルね。そもそも弓使い自体が少ないから当然っていえば当然だけど……。──痛っ！」

江崎さんは痛みがぶり返したのか、突然苦悶《くもん》の表情を浮かべ、身体は地面へ一直線。

「危ない！」

俺は慌てて江崎さんを受け止め……その胸に手が触れてしまった。

普通ならラッキーと思うシチュエーションかもしれないが、相手が相手なだけに冷や汗が止まらない。

……俺この人に殺されないよな？

「あ、ありがと。ちょっと昔の傷が痛んで……。はは、無理はするべきじゃないわね」

江崎さんは怒るどころか顔を赤らめて照れ隠しをする。

その仕草は戦っていた時のカッコいい姿と違い、どうしようもなく可愛《かわい》らしい。

「江崎さん、やっぱり怪我で引退していたんですね。理由もなくギルドの誘いを断られた時から薄々は感づいてはいましたけど……」

朱音は心配そうな顔で口を開いた。

それに対して江崎さんは敢えてうんざりといった表情を見せる。

「はぁ。そうやって心配されるのが嫌いなのと、部下や新米の探索者に舐《な》められると私の威厳に関わるから言わなかったんだけどね……。二人共、このことは内緒にしてね。ま、胸を触らせてあげたむっつり極大魔石君は言うこと聞くしかないと思うけど」

「……さっきの反応、もしかしてわざとだったんですか」

「半分ね。年下をからかうのが好きなのよ」

江崎さんはそう言って笑ってみせると脚を庇《かば》うように地面に腰を下ろした。その時一瞬朱音の目が鋭く江崎さんを捉えていたように見えたが……。

気のせいかな？

「——それでその『必中会心』っていうのは、まだまだ使える感じなの？」

「え？　ま、まぁ魔力は消費しないので」

江崎さんは脚の痛みが引いたのか、ふっと息を吐くと質問を投げかけてきた。

その表情は少しにやついていて……。何か嫌な予感がするな。

「極大魔石君に探索者窓口、査定買取部長の私から依頼を正式にお願いするわ。報酬は査定の担当を今後私が請け負うってことと……ランクアップの申請を通してあげる」

「……マジですか？」

ブロンズ、シルバー、ゴールド、プラチナ、ダイヤ、アダマンタイト、オリハルコン。探索者はこれらの順でランク付けされており、自分のランクを表す色が証明書の枠に使われている。ランクが高ければ高い程貢献度の高い探索者として認知され、企業や業界に顔が利くようになる。

また、ある程度のランクになると海外旅行費や全国のホテルや民宿などの宿泊代が割引。プラチナ以上のランクになればお抱えの武器職人が各人につく。

現在オリハルコンランクの探索者は一人のみだが、扱いは首相クラスだ。

これだけの待遇を得ることができる可能性があるランクアップは通常一定のレベルに達した上で、探索者複数名の署名が必要。

つまりはダンジョンの攻略或いは膨大な資源を得るために団体活動を行っている探索者ギルドに所属する必要が出てくる。

国としてもより多くの魔石獲得のため、このギルドの活動を活発にしたいと考えているからこその条件らしい。

ソロで活動している俺にとってはもう関係ないことだと思っていたが、まさかこんな機会が与えられるなんて思ってもみなかった。

「内容はダンジョンの異変の調査。金色モンスターがダンジョンを抜け出す原因を見つけて解決してみせ――」

「江崎さん、それはあまりに危ない依頼です。飯村君のレベルはまだ44なんですよ」

「でも私の倒せなかったモンスターを倒せたわ」

「だからって……。他のモンスターも同様に倒せるとは限らな――」

「――俺、依頼受けます」

「飯村君……」

依頼を受ける表明をすると朱音が俺の顔を覗き込んできた。

「俺は初期メンバーの面汚しだからどっちみちそっちには戻れない。だからといって他のギルドに入りたくもない。そんな状況でまた朱音と対等の場所に立てる道があるっていうなら俺は挑戦したい。それで……朱音が俺を誘ったことを後悔しないようになってほしい」

「……できるの？　本当に？」

「さぁな。でも折角『必中会心』なんてスキルを取得したんだ、やってみなきゃ損だろ」

「……そっか。分かった。でもね、一人で行くのはやっぱり危険だと思う。その内初期メンバー、『ファースト』の仲間も集まるから――」

「いや、だったら尚更《なおさら》俺は一人で行く。あいつらとは馴れ合えないからな。それに……ふふ」

「何笑ってるの？」

「俺の通った道を見てあいつらを驚かせてやれるかもと思ったらさ……。ちょっと楽しくなってきたんだよな」

「楽しみ、か……。なんだかその表情、探索者になりたてのころの私みたい」

「江崎さん、俺一応十年選手なんですけど……」

「あはは、ごめんなさい。あ、依頼に関しては正式に受注したって証明が欲しいから後で送る電子版の依頼書にサインをお願い。あ、ついでに探索者証明証の撮影もしちゃおうかしら。一々それ用のサイトにアップロードするのはあなたも面倒でしょ？　嫌じゃなければちょっと探索者証明証を貸して頂戴」

「分かりました」

俺は探索者証明証を一度江崎さんに手渡した。

依頼をされるのは主にゴールドランク以上の探索者だけになるため、その手続き諸々《もろもろ》全て初めてなわけだが、電子版もあるんだな。

勝手に依頼っていうのは掲示板に貼り出された依頼書を持ってくっていうファンタジーなイメージを持っていたから紙媒体しかないと思っていた。

「――はい、ありがとう。さっきはああ言ったけど、今のダンジョンはかなり危険な状態。ヤバいと思ったらすぐに引き返すように。いいわね？」

「はい。分かりました」

姉御肌なところを見せる江崎さんから探索者証明書を受け取り返事をすると、俺は早速ダンジョンの入り口である階段まで足を運ぶ。

モンスターがここに現れているということはそれだけ一階層のモンスターの発生数が著しく増え、ダンジョンから溢《あふ》れている可能性があるということ。放っておけばまた……。早く向かったほうがいいのは明確だな。

「飯村君……」

階段に足をかけると朱音が不安そうな顔と小さい声で俺を引き留めた。

きっとこの十年間の俺を知っているからこその反応なんだろうな。

「……昨日はボーパルバニーの相手もできた。だからそんなに心配しないで大丈夫だ。……。あ、あと、そのジャージ姿なんだが、その悪くないっていうか似合ってると思う。ただ――」

「これは胸がきつくて仕方ないからで！　蒸れもなくなるし！　……流行《はや》りのファッションなの！でもそう……似合っちゃってるかぁ」

「流行りなのか……。その、おしゃれなのはいいことだと思う。うん。じゃ、先に行ってるから」

心配を解消するついでにもう少し露出を減らすようそれとなく指摘しようとしたが、食い気味に説明されたことと、満更ではない朱音の反応のせいでそれができなかった。

――ま、本人がいいならいいか。

俺は朱音への親心をぐっと胸の内にしまい込んで階段を下った。

――そしてダンジョン一階層。

いつもは普通のスライムやコボルトといった弱いモンスターが蔓延《はびこ》っている層。

最初に開けた場所があってその奥には分かれ道。

迷宮といった言葉の似合う洞窟《どうくつ》タイプの階層ではあるものの、どの道を辿《たど》っても結局下の階層に続く階段がある広間に出られる優しい階層。

そう、優しい階層のはずなのだが……。

「――やっぱり詰まってるな。それに……」

階段を下り、開けた場所に足を踏み入れたいが、その入り口部分から階段の二段目まで既に金色スライムと通常のスライムが顔を見せていた。

ギチギチに詰まって押し出されているって感じだ。

想定はしていたが実際にその光景を見てあっけにとられそうになるが、それとは別に背中に走る緊張感が気を抜かせてくれない。

入り口に近寄る程強くなる緊張感、それは誰かに見られているような感覚からくるものだと思うが……。

「金色スライム以外に見てくるモンスターも人間もいないよな？　まぁ特に問題ないなら今は放っておいて……。とにかくこのままじゃ進めないから、一発撃ち込ませてもらうな」

階段を下りている際にステータスポイントは割り振り、現在の会心威力は５３００％。

スライムには過剰な威力な気がすると思いながら、俺はスライムたちがこっちに気づく前に弓を引いた。

明確に狙いを定めていたわけではなかったからか、矢は先頭にいたスライムを避けてギチギチで身動きのとれないスライムに向かって飛んでいった。

そして矢は埋もれるようにしてその中に突っ込み、そして……。

――パァン！

中にいた金色スライムが思い切り弾けたのだろう、金色の礫《つぶて》となった肉片が周りのスライムたちの身体を勢いよく貫通し、スライムたちはガンガン息絶えていく。

金色スライムであっても同じ硬度のその礫から身を守ることは難しいらしい。

気づけばたった一射で開けた場所に十分踏み込めるスペースが……。そしてそれだけのスライムたちを倒したということは――。

『レベルが44から75に上がりました。レベルは次第に上がりにくくなりますが、ステータスの伸び幅が大きく上昇します。ステータスポイントを37獲得しました』

「レベルアップインフレ始まったな――」

『スキル：変換吸収の矢を取得しました。この矢で死んだモンスターの肉片や血を魔力に変換し吸収します。威力は通常よりも低くなります』

しかも飛散した血肉による被害を考えたスキルまで取得してしまった……。

こりゃあ今までスキル一個だった分、レベルアップインフレと同時にスキル取得ラッシュも起きはじめるかもな。

「――ぺぽっ！」

広めの空間が生まれたからか、必死に呼吸をするスライムたちの声がこだまする。

同時に壁に押しつけられていたスライムが死体となって床に落ち、既に下敷きになって死んだスライムに合流する。

すると通常のスライムたちは死体を捕食し肥大化。

肥大化した通常スライムが数匹現れたところで金色スライムたちがそれに触れると金色スライムの生命は消え、新たに肥大化した金色スライムが。

更にその金色スライムは身体をもぞもぞとうねらせると、何匹もの金色スライムに分裂した。

通常スライムが仲間を飲み込み肥大化するのに対して、金色スライムはその反対で『分裂』する特性をもっているようだ。

あの時発見できた金色の角を有したアルミラージが一匹だけだったことを考えると、なぜスライムだけこんなにも金色の個体が多いのかと気にはなっていたが……その原因はその特性によるものだったのか。

ダンジョンを研究している人曰《いわ》く、通常、そのフロアに湧くスライムの数は決まっており、その半数がいなくなると新しい個体が湧くらしい。

恐らくだが、金色スライムが通常スライムを肥大化したスライムになるよう仕向け、それを金色スライムに変化させることで新たに湧く条件をクリア。新しい個体が湧くと、また同じように肥大化した金色スライムを生産、分裂、これの繰り返しで数は増えていったのだろう。

ただそれの目的が分からない。

習性？　だが、結果仲間が死ぬような習性なんてあり得るのか？

それと気になるのはこの繰り返し現象を発生させた最初の金色スライムの発生方法。

アルミラージの時は低確率のランダム発生に感じたが……。いやあれもそもそもは、蘇生能力で金色を引き継いだだけの個体だったのかもしれな――

「ぺぽっ！」

思考を巡らせているとスライムたちが大勢で襲いかかってきた。

俺は急いでバックステップ。スライムたちから距離をとり、弓を引く。

――パァン！

先ほどよりもスライムたちとの距離が近いため、飛んだ肉片が俺のもとにまで襲い、服や皮膚が切れた。

新しいスキルを使いたいところだが、まだまだ敵の数が多く、それに切り替える余裕はない。

それに今の一撃でレベルが75から80に上がったが、範囲攻撃スキルは手に入らなかった……。

まぁ防御力が上がったから、多少痛みは和らいでいるけど……。

「となれば、ダメージ覚悟の諸刃の剣戦法でいくか。それで飛び散る肉片から受けるダメージは増えるが、矢のストックをしっかり残しておくことは可能なはず……。ステータスポイントは全部振っておこう」

俺は今のレベルアップ分と少し前に獲得した分、合計47のポイントをスライムたちが襲ってくる前に慌てて振り切った。

これで会心威力は10000％、通常攻撃の百倍の威力で防御無視――。

『会心威力の強化ランクが2になりました。会心攻撃に新しい効果：会心余波が追加されました。ヒットした相手に与えたダメージが相手のHPを超えていた場合、オーバーした数値分のダメージがヒットした相手を中心とする小円範囲に広がります。これはモンスターのみのダメージとなり、人間には届きません』

流れたアナウンスの説明を噛み砕くと、『小範囲固定ダメージ発生』ってことらしい。

強化ランクアップというのは聞いたことはあったが、それは攻撃力プラス100とか防御力プラス100とかそういったステータスボーナスを授《さず》かれるものだって話だった。

それなのに会心威力はスキルのような追加効果ボーナス。

どうせ上げる人なんていないと思って滅茶苦茶な設定になっているんじゃないかこれ？

「とにかく試してみるか。よっと……。そうだ、範囲ダメージがいけるならこれも試せるな」

『――変換吸収の矢』

新しい矢を装填してスキル名を心の中で呟くと、矢にこれまた赤色のオーラエフェクトが纏わった。

纏った赤いオーラエフェクトはゆらゆらとたなびき、弓を引くと閃光《せんこう》が走ったかのように映って見えた。

弓を引いた時に背筋が一瞬だけひんやりと感じたのはこのタイミングで魔力を消費した判定だからだろうか？

「――ぺぽぉおっ！」

そして矢は俺の中二心を擽《くすぐ》りながら一匹の金色スライムを追う。

流石にこれだけやられ続けて矢に恐怖心を持ったのか、金色スライムは全力で逃げる。

だが逃げ場は狭く、結果金色スライムは仲間の上に登る形になり、ついには行き場を失くす。

――パァン！　……パリッ。パンパンパンパンパンパンパンパンパンパンパンパンッ！

変換吸収の矢は威力が下がるという説明だったが、会心威力を強化したことで弾ける音は先ほどと変わらず、威力も下がったように感じない。

それどころか稲光と共に発生した赤い色のついた衝撃波、追加された範囲効果が、周りの金色スライムを手前から順番に弾けさせ、一層派手に高威力になったと感じさせてくれる。

そして飛散しようとする金色スライムの肉片には、一瞬で矢から赤いオーラエフェクトが伝染。

赤いオーラエフェクトは肉片を自分に完全に溶け込ませて、そのまま俺のもとに向かってくる。

「――身体が熱い……」

向かってきたそれは俺に纏わりつくと、全身の穴から体内に流れ込み身体を火照らせる。

これは魔力が回復している証拠なのだろう。

結局変換吸収の矢が魔力を消費するスキルでもしっかり回復できてプラマイゼロになるのは有難い。

聞くところによると魔力が完全に尽きるとしばらく酷い風邪のような状態になり、吐き気を伴うらしいからな。

『レベルが80から82に上がりました。ステータスポイントを4獲得しました』

レベルが上がりにくくなっているといってもまだまだ上がる。

金色スライムもまだまだいるから、今日中にレベルが100の大台に乗れるかもしれない。

「「ぺぽっ！」」

レベルアップ計画を立てていると、完全に経験値のカモとなった金色スライムたちがとうとう逃走を始めた。

すると……

金色スライムたちが逃走し始めたことでようやく一階層がいつもの状態に戻りはじめる。

「何だ……。あれ？」

床にへばりつく『金色の管』の存在に俺は気づいた。

俺の腕二本分くらいのそれは金色スライムと一緒に移動をはじめる。

もしかしてだけどあれが――

――カン。カンカンカンカンカンカンカンカン……。

俺が金色の管を眺めていると、辺りから絶え間なく魔石が地面に落ちる音が鳴り響き始めた。

死体丸々でなくても倒したモンスターの肉片さえ残っていれば魔石はモンスター一体につき一つドロップする仕様。

そのため変換吸収の矢で吸収してしまったモンスターたちの魔石はドロップしていない。

「とはいえ……凄い光景だな、これ」

周囲には音と共に中サイズの魔石が散乱。

全部売ればそれだけで一年満足に暮らせるレベルだ。

ただ俺はこれを敢えて拾わない。

生活資金が足りているっていうのも理由の一つだが、やはり一番の理由はただその光景を見せびらかすため。

「ふ、初期メンバーの奴らの驚く顔が目に浮かぶ――」

『時間です。ダンジョンがフェーズ2に移行しているため、復活用として魔石を一部吸収します』

レベルアップやスキル取得以外でアナウンスが頭の中で響いた。

すると、散乱していた魔石の半分がドロッと溶けて消えていく。

フェーズ2っていうのは多分今起きている異変のことだろうが、2ってことはこの先も異変は続くのか？

それと気になるのは復活というのが誰を、なんの目的で、ということ。

もしかしてこの復活する誰か、というのがずっと続くこの誰かに見られているような感覚と関係しているのかも？

唐突に流れたアナウンスは分からないことだらけ。しかしアナウンスはその疑問を拭《ぬぐ》うような説明をせず、続けて言葉を続け……。

『――復活に必要な魔力、小魔石換算で残り一万個分』

その後思い出したかのように俺にノルマを告げた。

残り小魔石一万個分はかなり多い……。こうなってくると一部吸収っていうのがダンジョン内にある魔石の総量の何割になるのか気になるところ。それに吸収の際、拾得済みの魔石も対象とされてしまうかどうかも気になる。

現在様子を見てダンジョンに侵入しない探索者たちが、ダンジョンの状態が良い方向に変化して戻ってきたとしても、資源として利用される魔石の総拾得量はしばらくそれによって左右される。

その前に一気に小魔石一万個分を集めてそんな縛りを取っ払いたいが、それは流石に無理。

後で江崎さんに頼んで動ける探索者全員に早急に魔石集めをしてほしいという旨の依頼を出して貰えるか相談してみよう。

「――ぺぽっ！」

「そんでお前らは全員そっちなのか」

俺が思考に耽《ふけ》っていると、金色スライムの大群は先に続く分かれ道から右の道を選び駆けていく。

一方通行の狭い道でよく全員が同じ道を進むな、と思いながらも、俺は弓を構えて金色スライムたちと同じ道を選び進む。

万が一道の先に強力な他のモンスターが新たに湧いていても、これだけの金色スライムたちがいれば、それを壁にしてそのモンスターとの距離感を測れたり、落ち着いて強さを確認できる。こういった行動が探索者にとって一番大事な『リスク回避』に繋がるのだ。

「安全に確実に――。くっ！　なんだよ、これ！」

――ずおおおぉぉぉ
金色のスライムを見ながら慎重に進んでいると、突然掃除機に似た音と共に強烈な吸い込みによる突風が襲った。

前を行く金色スライムたちは突風に耐え兼ねて宙を舞い、次々とこの先にいる『何か』に吸い込まれる。

相手と距離が開いていることと、その『何か』があまり大きいサイズではないことで俺の場所から視認するのは困難。

状況把握のために進めば俺まで吸い込まれる恐れがある。だからといって後退できるほどの吸い込み力ではない。

「射つ、か」

俺は踏ん張りながらなんとか矢を装塡、その『何か』を狙って目一杯の力で弓を引く。

しかし矢は吸い込まれていく金色スライムに当たってしまう。

「そうなるか……。なら勿体《もったい》ないけど……」

俺は間髪入れずに二射、三射と回数を重ね、金色スライムを減らしながらその先にいる『何か』を狙い、ついでにレベルを上げる。

今は何よりもこの吸引を止めるのが最優先。だからこの矢の大量消費は仕方ない。

「──見えた！　ってあれさっきの管だよな？」

邪魔な金色スライムが俺の射撃と吸引であらかた消えると吸引をしていたその『何か』、さっきも見た金色の管が視界に映った。

金色の管の金色スライムを飲み込みやすいように大きく開いていた口が、だんだんと小さくなっているが……。これは逃げる前兆か？

「逃がすかっ！」

――ずぉぉ……

俺が声をあげると同時に吸引がぴたりと途絶えた。

そして金色の管はまるで奥で誰かに引っ張られるように道の先に向かって移動を開始。

俺はそんな金色の管を撃ち抜くために急いで矢を装填する。

だが……。

「――ぐかあああああああああっ！」

金色の管と俺の間の道が唐突に勢いよく盛り上がり、今まで姿を見せていなかったコボルトが顔を出した。

もしかすると今の吸引と俺の攻撃で金色スライムの数が減って出現するモンスターのバランスが正常に戻ったのかもしれない。

「でもそれは今じゃなくてもいいんだけどな」

「……」

鳴き声のせいなのか、コボルトが姿を現したことに気づいた金色の管は無音で逃走を止《や》め、そしてコボルトのもとに。

「……」

俺がコボルトに殺されるかもしれないっていうリスクを背負ってまで一体何をする気だ？

「う、ぐおお……」

好奇心からその様子を眺めていると、金色の管はコボルトの口の中に入り込みうねった。

するとコボルトは苦しいのかその状態で嗚咽《おえつ》を漏らし、涎《よだれ》を溢す。

「モンスター同士の抗争……っていうわけじゃないか」

次第にコボルトの身体がボコボコと音を立てて変化。

巨体が印象的な姿へと変化したコボルト……いや、その姿はもう、コボルトの中でも深い層にいるはずの強力な進化個体、『ウォーコボルト』で間違いない。

七階層でボーパルバニーが現れたのもおそらくは同じ原理で、金色の管が原因だったたってわけか。

「とにかく強力なモンスターが現れてしまったからには警戒は怠らな――」

「「ぐがあ！」」

ウォーコボルトの次の行動を観察していると、追加でコボルトが二匹姿を現した。

すると金色の管はウォーコボルトを産み出した疲れがあるのかよろけつつもその二匹のコボルトたちの横に極小の金色スライムを二匹吐き出した。

そうして生まれた金色スライムはよたよたとそれぞれ別のコボルトの身体を上り、口の中へ。

「これが金色の角のアルミラージの作り方か」

金色スライムが口の中に入ると、コボルトたちの大きな二本の犬歯が金色に。

金色スライムの増殖は時間がかかるが高いフロアの支配力と、高性能な壁役を産み出せる。反面、産み出せる数が少なく、多大な疲れを伴う。

結局これらをする目的は分からないが、状況に応じて幅広い選択肢からこういった行動の取捨ができるところを見ると、金色管の知能が高いことが分かる。

こんな考察をしている間にも、金色の管自身は全力で逃げているし……。

もっと厄介なことをしでかす前に優先して金色の管を殺さないといけないことはよく理解できた。

「――だからお前らはさっさとくたばれ」

「ぐがああああああ！」

俺が弓を向けると、巨体のくせに俊敏なウォーコボルトは吠《ほ》えながら前進、金色犬歯のコボルトはバックステップ。

仲間を蘇生させる効果を持つ金色犬歯のコボルトはあくまで補助、ウォーコボルトが主軸の配置についた。

ゲーム的に言うと、ライフ3のボス対人間の構図を作られたって感じかな。

「いや、あの産み出され方をされたこいつは『ボス』じゃない。勿論《もちろん》あのボーパルバニーも。……となれば通常の十階層毎のボスはそのままなのか、それとも……」

「ぐおあっ！」

「それは……」

探索者全体に周知されているウォーコボルトの特徴は、その巨体からは想像できない敏捷性《びんしょう》と耐久力……それと武器を扱うという点。

通常ウォーコボルトは探索者の落とした、或いは探索者から奪った武器を操り、その武器の種類によって攻略難易度が大幅に変化するらしい。

そして今は剣や槍《やり》などの武器は持っていないが、その代わりにその辺に落ちている小石を拾って手の中でじゃらじゃらと音を立てている。

石の礫程度でもウォーコボルトの発達した腕の筋肉から放たれれば脅威……。

「だからそれはさせない」

俺はそれを放たれる前に弓を引いて後ろに下がる。

ウォーコボルトはそんな俺の動きを見て、矢に躊躇することなく突っ込んでくる。

ウォーコボルトからすれば石の礫は命中不安があり、通常のコボルトが得意とするような接近戦に持ち込みたいのだろう。

だが俺の矢は追尾効果を持っている。そう簡単には近づかせない。

「ぐお？」

まさか避けたはずの矢が自分を追ってくるとは思っていなかったのだろう、ウォーコボルトは顔に似合わない驚き声を上げると慌てた様子で矢を撒《ま》こうとその辺を動き回り始めた。

「やっぱり素早いな。当たるのは時間の問題だが……。あんまりこっちに近づかれると最悪の場合……。すまないが、僅かな可能性も摘ませてもらうぞ」

俺はそんなウォーコボルトに遠慮などするわけもなく、二射目を放つ。

逃げながら距離を詰められれば石の礫を避けるのは難しい。それに、あの強靭な肉体から繰り出される一撃が万が一直撃すれば……。俺の防御力では受けられないはず。なら、それをさせないためにも追撃は必須。

――じゃら、ひゅん。

新たに放たれた矢に気づいたウォーコボルトは矢を避けながら握っていた小石をついに投げはじめる。

しかし案の定その精度は低く、しかも矢に常に追われているという状況があってか、意外に勢いがない。俺の下まで飛んではくるものの、避けるのは簡単。

しかし数は多く、たまたま二射目の矢がそれに当たり会心のエフェクトを見せる。

当たったのが石ということもあってか広がる衝撃波に固定ダメージ効果は乗らないようで、ウォーコボルトは身体をのけ反らせ尻餅をつくだけ。

しかしそのあと一射目と、石を貫いたことで少し勢いを削られた二射目が見事に命中。

ウォーコボルトの右手右脚が弾け飛んだ。

ここで分かったことだが、必中効果は対象に当たる前に他の物に当たっても矢自体が機能できる状態なら追尾を続行してくれるらしい。

『必中会心』、恐ろしいスキルだ。

「――ぐ、お……」

「倒したが……。スライムのようにはいかないか」

ウォーコボルトの身体は全体ではなく部位が弾け飛んだだけ。流石にＨＰは削りきって倒れてくれたが、思いの外肉片から魔力を吸収できなかった。

敵に応じて威力の低い変換吸収の矢と通常矢を上手《うま》く使い分ける必要がある――。

「――がぐぐおぉっ！」

ウォーコボルトが倒れたことに安堵《あんど》していると金色犬歯のコボルトがその死体に触れようと走り出した。

右手右脚を失ったウォーコボルトなど復活しても怖くはないが、念には念を入れてそれを阻むために弓を引こうと矢を装填する。

すると……。

「がぐあぁ！」

金色犬歯のコボルトの内一匹が自ら囮《おとり》役を買って突っ込んできた。

普段そんな仲間意識を見せないコボルトだが、金色に変化するとそういった意識にも影響が出るのかもしれない。

俺は献身的な金色犬歯のコボルトに対して一瞬攻撃を躊躇いそうになったが、相手がモンスターだと割り切って弓を引いた。

すると矢は囮役の金色犬歯のコボルトに当たり、衝撃波が広がる。

そして今度は固定ダメージ効果も発生している、はずなのだが……。

「ぐおぉぉおおお！」

その間に復活を果たし、『金色犬歯のウォーコボルト』となったそれは一瞬ふらっとしただけ。しかもすぐさま脚に力を込めて俺の下まで跳んできた。

「まずいっ！」

弓を引く時間がなくすかさず身体を反らしたが、金色犬歯のウォーコボルトの爪が脇腹を掠《かす》めてしまった。

致命傷ではないが、ほどほどの出血。痛みも強い。

「くっ……。だが、この程度なら……」

——パンッ！

それでもなんとか弓を引き、金色犬歯のウォーコボルトの額に矢を当てると頭部を弾き飛ばした。

「はぁはぁ、流石にもう起き上がってこないよな？　……。なら、魔石に変えさせてもらうぞ」

俺は脇腹を抑えながらウォーコボルトの死体に近づくと、それに触れ魔石に変えた。

これでようやく一安心。ただあの見られている感覚は今でも続いているし、それどころか強くなっている……。

「緊張感は拭えない、か。それにしてもあの衝撃波で倒れなかったのは意外だった——」

『魔石、ちょ、だい……』

サイズからして極大であろうコボルトの魔石を拾い上げようとすると、俺の頭にアナウンスと同じ声質だが明らかに様子のおかしい、声が流れた。

『——魔石頂戴《ちょうだい》……』

じっと見つめられているような感覚が今まで一番強くなる。それに魔石の要望。おそらくこの声の主がこの視線を送る存在、魔石で復活する存在なのだろう。

きっと今の戦闘も監視していて、この極大魔石がドロップしたことに気づいて声をかけてきたのだろう。

「大丈夫だ。これはちゃんと捧げさせてもらう。触れればいいんだよな？」

『うん』

そもそも魔石は捧げないといけないだろうと考えていたから、それに従わない理由もない。

俺は捧げる方法を問うと金色犬歯のウォーコボルトがドロップさせた極大魔石にそっと触れた。

・ウォーコボルトの魔石（極大）
以下の選択肢から一つ触れてください。
■捧げる
■捧げない
（捧げない場合、吸収の時間にランダムで対象となる。これはダンジョン内のみ適用される）


「そりゃあ向こうからすればそうしたいよな」

拾得済み魔石が吸収対象となることが確定。

移動に時間がかかる少し深めの層で大規模な魔石集めをしていたギルドがあったはずだが……あの人たちは特に阿鼻叫喚《あびきようかん》だろう。

俺はもうその覚悟をしていたから、『捧げる』なんていう便利なコマンドが表示されたという事実に嬉しさが溢れているが。

「――さらば二百万の極大魔石」

少しだけ勿体なさを感じながら『捧げる』をタップすると、極大魔石はさっき吸収された魔石と同じようにドロッと溶けて消えた。

「……あっけないというか、不完全燃焼感があるというか、もうちょっとゲームっぽく綺麗なエフェクトがあってくれたらなぁ――」

『魔力、余分ない。話も前よりちょっと、だけ。ちょっとずつ……。完全に解ければ、もっと……』

またあの声が頭の中に響いた。

たどたどしい話し方だが、その内容から声の主が復活の対象だってことはこれで確定。

そういえばダンジョンを攻略すると願いが一つ叶《かな》うなんていう噂《うわさ》が流れていた時があったが、その情報源は『あの人』の、『ダンジョンで聞いた』という言葉によるもの。

当時ほとんどの人が『あの人』のことを好いていたが、その『ダンジョンで聞いた』という話だけは信用されず、危ない薬に手を出してそんな幻聴が聞こえてしまった、という説がちらほらと湧いていた。

「俺ももしかしてと思っていたが……。『あの人』もこの声を聞いたのか？」

『あの人……分からない。でも、ほんの少し話しかけること、できた』

俺の疑問に素直に答えてくれる復活の対象者。

この際だから他のこともいろいろ聞いてみるか。

「その、俺たちにも事情があって魔石をこれからもあんたに捧げようと思っている。結果的に協力してやるんだ、あんたが誰かくらい教えてもらってもいいか？」

『……私はクロ。このダンジョン、の……。あれ？　なん、だっけ。私、分からない……』

まるで記憶喪失の人の反応。ドラマとか映画から得た知識と近い反応だ。

『多分、復活まだ、だから……。ごめん』

「いや謝らなくてもいい。俺が急に質問したのがよくなかった」

『私、自分のこと、ほとんど、分からない。でもモンスターのこと、人間のこと、ちょっと分かる。さっきの魔石の、モンスター。スキル、根性。一撃じゃ死なない』

よくゲームアプリでバランス調整用に実装されるアレか……。

確信した。ウォーコボルトは害悪モンスターだ。

「情報ありがとう。これからも知りたいことがあったら聞いてもいいか？」

『うん。でも、話す、限界ある。無理な時も、ある。そうだ、その弓、あなた弓使い。弓使いは、レベル80超えてから、矢を具現化できる。それには魔力溢れさせる必要が……。確か、魔石を特殊な、うっ……』

「大丈夫か？」

『自分の記憶に、引っかかること、だったみたい。急に痛みが――』

「お、おい！」

クロの声は中途半端な所で途絶えてしまった。

これはさっき言っていた限界が原因か？　それとも痛みの……。

「とにかくいい情報は得られたな。魔石を特殊な矢で……次の階層で試してみるとするか。って俺も痛みが……」

俺は気休め程度だと思いながらも傷口に唾《つば》をつけると、ゆっくり次の階層へ足を運んで……。


「──グルルルル……」

「コボルトの鳴き声か」

二階層に到達。今までどおりならここからスライムはいなくなり、その代わりにコボルトの出現数が増え、黒い毛とバフスキルが特徴的な『ダースウルフェン』が現れはじめるはず。

ダースウルフェンは出現確率が低くほとんど見かけることはないが、その戦闘能力はコボルト以上で。探索初心者はダースウルフェンに遭遇したらすぐに撤退が原則。

探索初心者でなくてもダースウルフェンはバフスキルを持つ害悪モンスターであると認知されているため、出現層である二階層から六階層で狩りを行うことは少ない。

かくいう俺もそれが理由でそれ以降の階層にいるアルミラージを狩ることで生活資金を稼いでいた。

そんなこんなで七階層から九階層は探索者たちに『安息地』なんて言われ方もしていて、俺を含む『安息地』で狩りをする探索者は臆病者《おくびょうもの》のレッテルを張られ、虐げられやすい傾向にあるのだ。

「まぁ俺の場合は一応初期メンバーっていう肩書がある分、無理にマウントをとってこようとする奴は限られていたけど──」

「──わぉぉぉん……」

「コボルトの鳴き声じゃない……。いるな。間違いなく」

ダンジョンの奥から微かにだが遠吠《とおぼ》えが聞こえてきた。

コボルトとはトーンの高さが違うため、聞き分けが簡単なのは助かるが……。

「ダースウルフェンのバフはダンジョン全体が範囲。急いでこの層を降りるか、処理をするか……。いや、処理をしないと後々酷いことになるか……。とにかくここで立ち止まっている暇はないな」

俺は弓を構えて通路を走った。

ダースウルフェンのバフスキルは遠吠えを聞いたモンスターが対象とされていて、重ねかけもされるらしい。

一回のバフ効果は大したことがないという研究結果があるらしいが、何度も重ねかけをされればとんでもない効果に化ける。

だからダースウルフェンの存在が確認されると、低階層にも拘《かかわ》らずランクの高い探索者が探索者窓口から依頼を受けて迅速に処理をするのが一般的。

まさかその役目を人知れず自分が担うなんて全く思わなかった。

「――いた」

「グルルル……」

しばらく走ると通路の先で蹲《うずくま》るダースウルフェンを発見。

威嚇するだけで一向に逃げようとしないその様子を見るに、バフを発動することで行動を制限されるという反動を受けるようだ。

「これはチャンス……」

俺はそんなダースウルフェンにすかさず弓を向ける。

しかし……。

――ボコ
「ぐがぁあああああああああ!」

唐突に盛り上がった地中から出てきたのはコボルト、いや、これはウォーコボルト。しかも金色の犬歯。

金色の管はスライムのいる一階層だけでなく、各階層に仕掛けを施しているってわけらしい。

「くそ、折角のチャンスだっていうのに……。邪魔だ――」

「がぐおおおおおおっ!」

「なっ!」

弓を引こうとすると背後からけたたましい鳴き声と攻撃が襲いかかってきた。

紙一重でそれを避け、振り返ると金色犬歯のウォーコボルトが更にもう一匹。

そしてそれに続いて金色の犬歯を持つコボルト数匹が各金色犬歯のウォーコボルトの背後から少し離れたところに現れはじめる。

「……完全に挟み込まれたか」

金色犬歯のウォーコボルトは根性持ち。しかも離れた場所に復活効果要員の金色犬歯のコボルトたち。

どうする？　金色犬歯のウォーコボルトは根性持ちだから一発耐えてすぐに反撃してくる。積極的に殺す行動をとるよりも、まずはここを抜けて挟み撃ちの状況を打開しないといけないが……。

「……。それには相手の動きを止める必要がある、か。……ならこうするしかない！」

――パンッ！

俺は金色犬歯のウォーコボルトに向けていた弓を敢えて地面に向けて矢を放った。

すると衝撃波が辺りに広がり、それによって金色犬歯のウォーコボルトたちが尻餅をついた。

俺はその間にモンスターだらけの通路から隙間を見つけると。急いで駆け出し、とにかく正面に見えるダースウルフェンに弓を向けた。

そんな様子をじっと窺っていたダースウルフェンは、俺の行動を見て攻撃を避けることを諦《あきら》めたのか、天井を見つめ、そして……。

「――うおおおおおおおおおおおおおおお！」

大口を開けて響かせた絶叫に近い遠吠え。

それは諦めとは何か違うものに感じられたが、ダースウルフェンはそのまま地面に落ちた。

「もしかして命と引き換えにより強力なバフを？　いや、ダースウルフェンがそんなことをするなんて聞いたことが――。なるほど、お前も通常個体じゃなかったのか」

その行動に疑問符を浮かべていると、全身にびっしりと生え、羊毛のようにふさふさとしていた真っ黒い毛がダースウルフェンの身体から一斉に抜け落ちた。

そして露《あら》わになるダースウルフェンの金色の地肌。

通常個体とは異なる分裂効果を持っていた金色スライムと同様に、ダースウルフェンもまた異なる効果を持っているのがこれで確定した。

「とにかくまだあいつらは来ていない。今のうちに魔石を……」

俺はダースウルフェンのもとに駆け寄ると、その死体を魔石に変換。

ドロップした魔石はおそらくサイズ『大』。

クロが言いかけていたのは特殊な矢で魔石から魔力を吸収することで体内の魔力を増大、溢れさせることができるというもののはず。

つまりはこの魔石を変換吸収の矢で打ち砕けば矢を具現化できるようになる、はず。

「正解かどうかは分からんが、矢の残りは多くない。節約も兼ねて今の内に――」

――バキ
魔石を射ろうと矢に手をかけると背後で木の折れる音が響いた。

それと同時に体は軽く飛ばされ、俺は地面に手をつく。

金色犬歯のウォーコボルトによる攻撃？　だがここまでは距離がある。

「――一体何が……」

攻撃の正体を確かめるべく振り返ると、そこには俺と同じように地面に手をつく金色犬歯のウォーコボルト。

まさかこいつ、この一瞬で詰め寄ってきたのか？

「「――ぐおおおおおおっ！」」

「……いや、そうじゃない。こいつは弾として飛ばされたに過ぎない」

地面に手をつく金色犬歯のウォーコボルトの背後に見えたのは、金色の犬歯のウォーコボルトを抱えて大声で鳴く巨大なモンスター。しかもそれが二匹。

王冠を被《かぶ》った堂々とした出で立ちと、甲冑《かっちゅう》を身に纏っているそのモンスター二匹の名前は確か……

『ロードコボルト』。

「……こんな奴らここにいていい存在じゃない」

ロードコボルトは八十階層のボス。

通常ゴールドランク二十人、プラチナランクなら十人は必要と言われているモンスターだ。

味方を駒のように扱う残虐性とウォーコボルトと同様の高い耐久力。

武器の扱いが更に長け、報告だと武器を――

「「ぐおおおおおおおおっ！」」

二匹は俺に思考の時間を与えてはくれず、各々《おのおの》が抱えていた金色犬歯のウォーコボルトをこちらに向かって投げ飛ばした。

俺はそれを喰らわないように弓を構えながらバックステップを数回繰り返す。

飛んでくる金色犬歯のウォーコボルトたちの勢いはそこまでではなく、躱すことは容易。

奴らの狙いはそれによる直接ダメージではなく、俺の矢を自分たちに通さないための壁をできるだけ前線に置くことなのかもしれない。

「それにしてもなんでこんな奴らが……。まさか……」

今まで身体能力の強化のみだったバフだが、金色の肌を持つダースウルフェンは命を犠牲に対象を『進化』させることができるのかもしれない。

「ちっ。だとしたら害悪過ぎるだろ、そんなの」

俺は舌打ちをすると更に距離をとる。

今の内に弓を引きたいところだが、背中の筒から矢を取り出そうとしても無理。

実はさっきの衝突で、準備していた矢は筒ごと破壊されてしまったのだ。

「矢は手元にある1本だけ。ならこれを狙うしかないだろ」

俺は地面に落ちた魔石を狙って弓を引いた。

狙いを低くしたことが良かったのか、矢はターゲットを周りの金色犬歯のウォーコボルトたちに移さず、まっ直《す》ぐに進み……。

――パリン

無事に命中。魔石はガラスに似た音を鳴らしながら砕けた。

そして変換吸収の矢の効果で魔石の破片は赤いオーラとなり俺のもとへ。

身体の奥がモンスターの肉片を吸収した時とは比べ物にならないほど熱く、つい汗が流れる。

『――条件を満たしました。スキル：魔力矢を取得しました。矢の形状を想像し、魔力1を消費することで一本の矢を生成。消費魔力を口頭又は心で念じた後に矢を生成させようとした場合、その分の矢を自動生成、自動装填します』

「じゃあ……魔力6消費」

俺は矢の補充をするために急いでアナウンスの説明に従い矢をイメージして消費魔力を決める。

「おお……」

すると俺の手元には羽根以外なんの装飾もされていない真っ白な矢がいつの間にか握られていた。

「手応えは普通の矢と変わらないか。なら……」

「――ぐがっ！」

俺は早速装塡されたその矢を放つために弓を引くと手前にいる金色ウォーコボルトの頭を貫き、続いて衝撃波が広がったのを確認すると連続で弓を引いた。

説明にあったように確かに矢は自動で発現し、勝手に手の中に収まる。そのお蔭で装塡によるディレイがなくなり、高速で、しかも連続で弓を引ける。

根性とかいう厄介なスキルを持っていたとしても連続で弓を引けるなら問題はない。

「ぐ、お……」

「楽勝、か」

結局壁役として飛ばされてきた金色犬歯のウォーコボルトを瞬殺。

ロードコボルトに担がれて投げられている奴らがまた接近、その後ろを追うように残りが突っ込んでくるが……。

「ふぅ……。魔力10消費」

変換吸収の矢の効果で魔力が回復したのを確認して、一気に矢を予約。

出し惜しみなしでひたすらに弓を引く。

『レベルが90に上がりました。ステータスポイントを2獲得しました。スキル：魔力矢の性能が強化されました』

これまでの戦闘でいつの間にか上がっていたレベルが金色犬歯のウォーコボルトたちを倒して更に上昇。

高揚感が全身を包み、勝手に口角が上がってしまうのを感じていると、ロードコボルトがいつの間にか距離を詰めていたことに気づく。

だがロードコボルトは決して衝撃波の範囲に入ろうとせず、その辺の石を拾い上げ俺の下まで投げつけてきた。

さっきの金色犬歯のウォーコボルトは壁兼衝撃波の範囲を見定めるためにも使われていたらしい。

「それにしても本当に投擲《とうてき》が好きだな。自分は安全な位置にいて攻撃するっていうスタンスは俺と同じだけど」

俺は石を打ち落とすべく矢をイメージして放つ。

そのまま石にぶつかった矢は衝撃波を生み出し、後続の石も撃墜――。

「しないだと」

こちらに向かっていたはずの石はいつの間にかその姿を槍に変え、衝撃波を掻《か》い潜《くぐ》った。

ロードコボルトは一定の素材から強靭な武器を生み出せると報告であったが、これがそれか。

とはいえ勢いは衝撃波の影響でかなり落ちているが……一応これも撃ち落としておくか。

用意した矢が足りなかったからすぐにイメージを始め――。

「「があああああああああああああっ！」」

「なっ！　でか……」

新たに矢を出現させようとした瞬間、二匹のロードコボルトはあっという間に丸太数本分の巨大な槍を生み出し、それを力一杯投げつけてきた。

ロードコボルトは武器を生成するのに時間がかかるから、それをさせないために攻撃の手数を増やせば勝てるという報告だったが……。よく見ればロードコボルトの王冠も金色。これが金色と通常の違い。

それに俺の攻撃数を減らし確実に本命を当てるための、多段攻撃とギリギリまで距離を詰めるという行動。

金色犬歯のウォーコボルトによる壁も俺の矢を削るためで、全てはこの一撃のためだったとするならば流石としかいえない。

さて、相手を称賛している場合じゃない。急いで矢を準備して放っても次の矢が当たるのは先を飛ぶボロボロの槍。

魔力矢は通常の矢と異なり自分で筒から取り出す必要がない上、瞬時に弓に自動で装填、固定される、つまりは高速で次の攻撃を放てるのだが、それでもこの状況からあの巨大な槍を撃ち落とすための二射目が間に合うとは思えな——。

『矢を魔力1で、二つ想像して。もうそれ、できる』

「クロ？　もしかして見え——」

『早く！』

『――魔力消費1』

俺はクロに言われたとおり矢一本分の魔力で二本の矢を想像、魔力矢一本を出現させた。

しかし矢に変化はない。

ただもう最初に投げられた槍は目の前、避けるのは無理。

この矢を放つしかない。

頼む。どうにかこれでこの状況を打破してくれ。

「――分、裂？」

祈りを込めながら弓を引くと矢は放たれた瞬間に二つに分裂。一つがボロボロの石から姿を変えていた槍を撃墜、更には衝撃波を生み、分裂したもう一つの矢の勢いを後押し。

巨大な槍はそんな勢いに乗った矢に正面から貫かれ爆散した。

「ぐあ！」

まさか今の攻撃を攻略されるとは思っていなかったのだろうロードコボルトたちは目を丸くして驚いている。

「――魔力10消費……で二つをイメージ」

今度はそんな二匹を仕留めるため、俺は安堵することもなく分裂する矢を十本予約して連射を始める。

「が、ああああ！」

そんな俺の攻撃に慌てて石を適当に投げつけるロードコボルトたち。もう一度あの巨大な槍を生み出す余裕はない。

――パンパンパンッ！

石から変化した槍を連射する魔力矢が各々二つに分裂しながら撃ち落とし、至る所で衝撃波を生み出す。

するとロードコボルトまでの道は開け、後続の矢は次々とロードコボルトのもとへ。

――そしてついに……。

――パンッ！

「ぐがあああああああああああああああああああああああああああああ！」

魔力矢は一匹のロードコボルトの右腕を爆散させた。

ロードコボルトは情けなく喚いたが、HP自体はまだ残っているらしく横にいるもう一匹のロードコボルトは思いの外それに動じていない。

流石に耐久力が特徴といわれているだけあるが、それでも今の俺の手数の多さに耐えられるわけはない。

「魔力5消費」

俺はロードコボルトの肉片から吸収魔力で更に魔力矢を追加して弓を引いた。

ロードコボルトたちにはもう何かを投げつけるなどという隙も余裕もない。

形勢は逆転。ロードコボルトたちの身体の部位をHPがなくなるまで、そして完全に沈黙するまで俺は弓を引くことを止めない。

幾重にも重なる会心、衝撃波、吸収の赤いエフェクトと部位の爆《は》ぜる音がまるで花火大会のそれのような盛り上がりを見せ、それが終わるとその場には極大の魔石が二つだけ残り……。

『――レベルが92に上がりました。ステータスポイントを4獲得しました』

頭の中に勝利のアナウンスが流れた。

『――ステータス』

俺はロードコボルトたちを倒した余韻に浸りながら会心威力にステータスポイントを振るためにステータス画面を開いた。

名前：飯村一也
職業：弓使い（残り58レベルで弓使い【魔弓】或いは弓使い【属性弓】に職業進化）
年齢：28
レベル：92
HP：130／164
魔力総量：97
攻撃力：278
魔法攻撃力：70
防御力：144

魔法防御力：144
会心威力：12400％
スキル：必中会心、変換吸収の矢、魔力矢（現職業最大強化済み。職業によって派生有り）
ステータスポイント：0

今まで記載のなかった職業進化の文字がしっかりと刻まれたステータス。

剣士や魔法使いなどの職業は進化の回数が多くレベル50までに二回、それ以降も50レベル毎に進化できるらしいが……なるほど、弓使いは150レベルで進化か。

弓使いの探索者がそもそも進化の条件を見ることができるまでレベルを上げたという事例がなかったため、今までは確認できず、弓使いは進化できない職業と思われていたが……。

「大器晩成型ってやつか」

最初からこれが分かっていたらもう少し高いモチベーションで十年間レベル上げをすることが……

いや、それはないな。

競馬と探索にたられればは厳禁。

俺はそんなことを考えながらステータス画面を閉じると今度は黙々と落ちている魔石を捧げた。

今回はダースウルフェンによってコボルトたちが進化したお蔭で魔石の質が高い。

特にロードコボルトの落とした魔石はボーパルバニーがドロップしたものよりも大きく、表記が魔石【極大A】とされていた。

値段にしていくらになるのか一個持って帰りたいところだが、クロが俺の様子を確認していることが分かったからそれは気が引けてしまう。

「――よし、これで終わりだな」

『ありがとうございます。改めて私はクロと申します。完全復活まではまだ魔力が必要ですが、言葉は自由に、時間の制限も困らないほどになりました。直接お礼をさせていただきたいので、ワープゲートを今そちらに』

そうして辺りの魔石全てを捧げると、流暢《りゅうちょう》になったクロの声が頭に流れ、俺の目の前に虹色《にじいろ》のエフェクトが。

サイズはトイレの個室扉ほど。直接見たことはないが、確か五十階層、百階層のワープゲートもこんな特徴があるとか……。

『身体に害はありません。安心してください』

クロはあの時俺の窮地《きゅうち》を救ってくれた存在。初めてのものに対して不安はあるが、きっと大丈夫なはずだ。

「……分かった」

俺はクロの言葉を信じて恐る恐るそれに手を潜らせた。

触れたはずなのに触感がない。

手を通した先は今いる場所よりも寒く、冬の終わりくらいの気温を想像させる。

ただ魔力を度々吸収して身体が火照っているからなのか、それが妙に気持ちよく、俺はその先の空間に誘われるようにしてワープゲートを通り抜けた。

「……暗いな」

真っ暗というわけではないが、ここで戦うとなれば一抹の不安を覚える程度には暗い。

理由としては照明の代わりとなる『光石』の数が通常の階層に比べて少ないから。

この光石というのはダンジョンでしか機能しない特殊な鉱石で、持って帰っても只の石にしかならず買い取りもされないため、あれが外でも使えれば、とほとんどの探索者が常々思っている。

『――誘いを受けてくれてありがとうございます』

「クロはここにいるんだよな？　それでも直接は話せないのか？」

『はい。喋《しゃべ》ることはできません。口が動かせませんから。手間かもしれませんが、少し奥の広間まで来ていただけませんか？』

「分かった」

俺は頭に流れるクロの声に従って、曲がりくねった道を通り奥に進む。

すると、次第に道の先から光が射し始めているのが見え、俺はその光の先に足を踏み入れた。

『――改めまして……。初めまして、私はクロ。このダンジョンにて復活を待つ者。そして多分このダンジョンのシステムに関与する者。未だに記憶が戻りきっていない身のため、自己紹介はこのくらいでいいでしょうか？』

クロの自己紹介があまり頭に入ってこない。

というのも大量の光石で照らされた巨大な氷の柱と、その中で寝たように目を瞑《つむ》っている、異様に耳の長い女性が俺の目に映ったから。

世界にはさまざまな人間がいるが……。あの女性は、クロは……。

「俺は飯村一也。えっと、聞きたいことはいくつかあるが、そのあんた、クロは人間じゃないよな？」

『はい。私は人間ではなくエルフと呼ばれていました。確かそこまで珍しい種族ではないような気はするんですけど……。すみません、ちょっとまだ』

「すまん。無理に思い出さなくていい。それに、種族が違ってもこうして意思疎通を図れるんだから問題はないよ」

『ご理解いただきありがとうございます。それと、この度は貴重な魔石を捧げていただきありがとうございます』

「気にしないでいい。別に俺はすぐに魔石がなければ困るって状況でもなかったから」

『それでもありがとうございます。貴方のお陰で私はこうしてはっきり意識を保つことができています。それまではずっと夢の中のようで、頭もずっとぼんやりとして胸に引っかかりもあって……。こんな状態ではありますが今は清々《すがすが》しい気持ちなんです』

「それは良かった」

『それでできることもいろいろと増えたので私からあなたにダンジョンに関することでお礼をしたいと思ったんですけど……。どうやらそれが私の責務に繫がっているようなんです』

確かさっきの自己紹介でダンジョンのシステムに関与する者って言っていたな。

フェーズ2になってクロ復活用の魔石吸収が始まって……。

そんな存在の責務っていうことは……。

「もしかしてこのダンジョンの異変を正常に戻す。それがクロの責務で、そのために……まぁいい言い方をすれば人間をサポートすることが必要、悪い言い方をすれば人間を利用しなければならないってところか？」

『……そのとおりです。でも純粋なお礼の気持ちがないわけではありません。これは本当ですよ』

「別に責める気はないから安心してくれ。こっちはこっちで魔石を捧げる理由についてやましい気持ちもあるし……」

『ふふ。なら気にせず私は飯村様が更に強くなれるようにサポートさせていただきます』

「具体的には？」

『弓使いのスキルについては知識がありますからそれをお伝えさせていただきます。そしてレベルアップに関してなんですけど、私は各階層を覗き見ることができます。ですので経験値の多い金色のモンスターの出現場所やその種類などをお伝えいたします。後は決まった条件下ではあるもののワープゾーンを発現させられるため移動の際は協力させていただけたらと思います』

「覗き見ができる、か。ちなみに金色の管みたいなモンスターが今どこにいるか分かるか？」

『金色の管……。それなら――。あっ！』

「どうした？」

クロに他の階層をのぞいてもらうと、思わぬ反応が返ってきた。

もしかしてまたモンスターたちに変化でも――。

『人間が複数。またダンジョンに入ってきました。しかも凄い勢いで』

「人間……。強力なモンスターが新しく生まれたとかじゃなくて良かったが……。そうか……」

とうとう朱音たちがやって来たのだろう。

となれば万が一出くわしてまだ二階層にいることを馬鹿《ばか》にされたくはないな……。

「状況が変わった。俺はすぐに元の階層に戻る。ワープゲートはまだあるか？」

『それがワープゲートはディレイが長くて……しばらくは出せないです』

「出せない……」

『で、でも大体一時間くらいで一日とかそんなに長時間ってわけではないので……。ほ、ほら怪我もしていますからその間にここで回復させてあげますよ』

「そんなことできるのか？」

『一応【リジェネ】、自動回復付与ができます。一気に回復できるスキルではないですし、持続時間はそこまで長くないんですけど、飯村様の状態を見るに……一時間もあれば十分回復できますよ。……ほ、ほら、段々良くなっていく感じがあるでしょ？』

クロは説明を終わらせると慌てて回復スキルを発動させた。

確かに痛みが段々引いているけど……。あいつらのことだから一時間もあれば俺の出番はなくなるんじゃないか？

そうなればランクもあげられない。見返すこともできない。

……でもそんなことでクロを責めるのは可哀想すぎるよな。

『あ、あの、十階層くらいまでならここから距離もないですし、人間たちの様子を映し出すこともできますけど……』

「そうなのか？　じゃあ頼む」

クロは俺に気を使ってか、自分が閉じ込められている巨大な氷の表面にステータスを表示させる時のように映像を映し出した。

「三人か。案外少ないな」

映し出された一階層には俺が魔石を放置した場所で通常個体のスライムを殺しながら周りを見る朱音と初期メンバー、ギルド『ファースト』の二人。

音声までは流石に届いてこないが、その様子は俺の求めていたもの。

「ふ……。お前らのその反応が見たかったんだよ、俺は。……クロ、いろいろ教えてもらうのはこの画面を見ながらでも構わないか？」

『勿論大丈夫です』

「助かる」

『まずスキルによるターゲットなんですが――』

朱音、淳《じゅん》、彩佳《あやか》。

そんなアダマンタイトクラスの三人の様子を眺めながら俺はクロの話に耳を傾けたのだった。

「――なんだなんだ？　あんなに慌ててたからてっきりもっとヤバい状況だと思ったのに……。いるのは雑魚《ざこ》スライムばっかり……。ていうかこの魔石はなんだ？」

「信じられないけど私たちより先に中に入った飯村君が――」

「朱音、あんたが飯村に入れ込んでいるのは知ってるけど、それは買いかぶりすぎよ」

「そうそう。あんな役立たずの弓使いがこの短時間でこれだけのモンスターを殺せるわけがないだろ。そもそも朱音が一発で仕留められなかった金色スライムを飯村が殺したって話も俄かに信じ難いのに」

私と初期メンバーで『ファースト』の一員である淳と彩佳が急いでダンジョンの一階層に足を踏み入れると、そこには大量の魔石が転がっていた。

そんな光景を目の当たりにして淳と彩佳は私の話を聞こうとせず、他の可能性を考える。

飯村君に対して否定的な感情がない私ですら、飯村君が金色スライムを倒せる力を持っていると事前に知らなければ、これをした探索者は他にいると思ってしまうかも。

「とにかくここには雑魚しかいないし、異変も見られない。さっさと先に進むぞ」

「そうね、急ぎましょう。飯村君の安否も気になるし……」

「……。はあ、それにしてもワープゲートが使えなくなったのは本当に手痛いわよね。まさか私たちがこんな浅い層から探索を進めないといけないなんて」

先を進む淳、それにぼやきながらついていく彩佳。

私はそんな二人の後ろ、しんがりを務《つと》め、もしかしてどこかに飯村君がいるかもしれない、と必要以上に注意深く周りを見ながら進む。だけどやっぱり飯村君の姿はない。

二階層に下りても同じように見回しながら進むがその姿はなく、私たちは早々に三層目に踏み込んだ。

「――ようやく違うモンスターが出てきたか」

ここまで遭遇したモンスターは最初のスライムだけだった。

それによって淳と彩佳はある意味でダンジョンの異変を感じていみたいたけど、私たちの前に五匹の金色の犬歯を持つコボルトが現れたことで改めて異変を感じとったのか、その場に緊張感を走らせた。

「金色になっているのはスライムだけじゃないんだな」

「みたいね。でも色が変わったからって雑魚は雑魚、一気に片づけるわよ、淳」

「OKだ、彩佳」

魔剣士の淳は剣に光を纏わせて高速で金色犬歯のコボルトに斬りかかり、大斧《おの》二刀流の彩佳もそれに続く。

まぁ、コボルト程度なら手を抜いた淳だけで十分だと思うけど――。

「ご、がぁ……」

「おいおいおい、ウォーコボルトとかじゃないよな、こいつ……。速度重視の攻撃スキルだったからってなんで一発耐えるんだよ……」

「こっちは倒せたけど……。こいつら明らかに硬い！　三階層のモンスターだと思って、侮ってたらヤバいよ！」

私の予想に反して二人は真剣な表情で狩りを始めた。

これは私も参戦しないと、かな。

「援護するわ！　二人とも下がっ――」

「駄目だ！　朱音のスキルは魔力の消費が多い。こんなところでガンガン使ってたら途中で潰《つぶ》れるぞ！」

「……完全に舐めてた。こんなの飯村がどうにかできる敵じゃないよ、朱音。あんまり言いたくなかったけど、最悪の場合……」

淳にスキルの発動を止められると、今度は彩佳が気まずそうに言葉を吐いた。

信じたくないけど、このモンスターの強さを見てしまうと私ですら……。

「――ぐがあああああああ！」

「よっし！　俺も一匹倒した！　これで正面の道が開けた！　このまま他の奴らを相手にしてたらこっちの体力が削られる！　無視して次の階層に行くぞ！」

「了解！　ほら、朱音も」

「でもまだ飯村君が――」

「わお？」

先を急ごうとする二人に提案を持ちかけようとすると、背後にダースウルフェンが現れた。

なんでこんなタイミングで……。

「おいおいおいおいおい、これでバフまで掛けられたらたまったもんじゃないぞ！　二人とも急げ！」

「了解！」

「……分かったわ」

ダースウルフェンの出現まで確認されたら逃げるのが最善の択。

私たちは飯村君の安否を確認できないまま、次の階層へと急ぐ。

「――あれ？」

「どうしたの、朱音？」

「今、何か光らなかった？」

「私には見えなかったけど……。多分その溜《た》まった涙のせいじゃない？　朱音、悲しいのは分かるけど飯村探しをしてる余裕はないよ。それに、まぁまだ死んだって決まったわけでもないし……。とにかく仕事に集中して！」

「……ごめんなさい」

私は彩佳に諭されて服の端で目元を拭った。

濡《ぬ》れて少し色が濃くなったそれを見て、ようやく自分が泣いていたことに気づく。

前方に見えた光はきっと勘違い。トップギルドの代表がこんな体たらくではいけないと気づかされ、私は一度飯村君のことを忘れ、三階層を駆け抜けた。

そして……。

「――ふぅ、やっと九階層か」

「まさかこんなに消耗するなんて思ってもみなかったよ。私、コボルトの階層が短くてこんなに嬉しく思えたのは初めて」

少しだけ疲れた様子の淳と彩佳。

極力戦闘をしないようにコボルトのいる階層を抜けて、アルミラージのいる階層に下りてきた私たちはようやくダンジョンの異変の原因を探るために各階層の探索を開始。

しかしそれらしいものは見つからず、ずるずると九階層まで下ったということもあって、私たちは次のボス階層を意識して疲れた体を回復させるためにゆっくりと歩く。

「うん。金色でもアルミラージはコボルトより柔らかくて楽よね。ただ、普通の探索者じゃなかなか対応できないかも」

「ああ。硬いだけじゃなくて蘇生能力を持ってて……こんなのを探索初心者が相手をするなんて自殺しに行くのも同然だぞ」

「こら淳！　あ、あの今のは別に飯村のことを指して言ったわけじゃなくて――」

「彩佳、自分が墓穴掘ってるって気づいてるか？」

あまり気にしないようにしているけど、表情とかその端々から私の気持ちが漏れてしまっているみたい。二人は飯村君のことを連想させないように不自然に気を使ってくれる。

二人共頭は良くないけど、拓海に比べるとかなり優しいのよね。

「二人共私は大丈夫だから。今は仕事中。私情は程々にしないと、だもんね」

江崎さんから飯村君に依頼をしたのは例外で、他の探索者にはまだ正式に依頼は届いていない。

この状況だから早急に依頼は出したいはずだけど、さまざまなメディアへの対応など多忙極まる今、探索者から正式に依頼が届くにはまだ時間が掛かるはず。

当然私たちのギルド『ファースト』にも依頼は届いていない、というか私たちに限っては届くことがない。

そもそも私たちのギルド『ファースト』には探索者窓口から、あるいはそれを通した企業からの依頼、ではなく直接企業の偉い人たち限定で依頼が届くようになっている。

これには私たちが探索者窓口開設の前、自分たちから依頼をもらいに働いていた名残で、間に探索者窓口を挟まないことで余計な事務手数料がかからない、また直接やりとりすることで強い繋がりを作れるというメリットがある。

ただメリットがあればデメリットもある。それはその企業の偉い人たちに私たち『ファースト』を独占したい、できるだけ自分たちのためだけに時間を割いて欲しいという欲が生まれること。

万が一探索者窓口からの依頼や新規の企業からの依頼を受けた場合、独占欲を持つ企業は新規企業や探索者窓口、最悪私たちに対しても社会的圧力をかけてくるだろう。

探索者窓口もそれを理解しているから私たち『ファースト』に依頼を出すことはない。

そういった事情があるから今回も探索者窓口からの依頼は届かないというわけ。

とはいえ、探索者窓口からの依頼がなかったからという理由で『ファースト』が動かなかったとなればメディアを通して世間から批難されるのは明白。

というわけで私たち『ファースト』は現在、あくまでボランティアとして異常事態を収めるための探索を行っているのだ。だからこれは依頼ではないけどそれと同等以上の重大な仕事であって、当然私情は挟むべきじゃない。

「へへ、それでこそ俺たちの代表だ――」

――ぐぱあ
淳が私の言葉に笑顔を溢した瞬間だった。

その背後に金色の管が現れ、その口を大きく開いた。

そして……。

――ゴク
喉《のど》を鳴らすような音を立てながら淳の体を呑み込むと、金色の管はそそくさとその場から去っていこうとする。

「淳っ！　くそっあいつ……」

「彩佳、落ち着いて。あの金色の管、明らかに淳を吸収できてない。派手なスキルはまだ生きている淳にダメージを与えてしまうわ」

彩佳が両腕に構えた斧に黒いオーラを纏わせるのを見て、私はその肩を軽く摑んだ。

カッとなりやすいのは彩佳の悪い癖ね。

「た、確かに」

「うん。それに見て、淳はあの中でもぞもぞって動いて進んでいる。多分だけどあのまま根本まで進んで金色の管の本体を叩《たた》くつもりよ。金色のモンスターは外側が異常に硬いから内部から攻撃するっていう判断だと思う。なら私たちもそれに合わせて攻撃、内部から淳が出てきた時に金色の管にもう一度狙われないように準備をするわよ」

「準備……。じゃあ先回りしないと。えっと管はこの先に――」

「ええボス階層まで続いてるみたいね。気を引き締めて行くわよ」

「分かってる！　そっちこそよくよくしてる暇なんてないないからね！」

私と彩佳はお互いに鼓舞して金色の管の中を移動する淳を追い抜き、更にその先へと進む。

すると予想どおり、金色の管は階段を通ってこの先のボス階層まで続いているようで長く長くその管を伸ばしていた。

元々のボスであるボーパルバニーから発生するモンスターが変化してこの金色の管が生まれるようになった、或いは他の階層からきた金色の管が十階層を乗っ取った……。どちらにしても私たちには聞き覚えのない異常事態。

昨日は飯村君の忠告を無視して、拓海を手伝いに行くんじゃなくて、いろんな所で嘘をついて探索者たちがダンジョンに侵入しないように奔走したけど……。ここまでイレギュラーで不穏なことが起こっているならすぐに助けに行ったほうが良かったのかもしれない。

「――ぺぽっ！」

「何！　なんで階段にモンスターが？　しかもこの数って……」

「金色のスライム……。そいつかなり硬いから気をつけて！」

「言われなくても……『デススタンプ』！」

階段を下りる途中に現れた金色スライム。彩佳はその姿を確認すると、構えていた両斧に黒いオーラを纏わせ、ドクロの紋様を浮かび上がらせた。

「喰らえ！」

「ぺぎゅ！」

禍々《まがまが》しい雰囲気を醸し出す斧は金色スライムを真っ二つに引き裂く。そして、斧に纏わりついていた黒いオーラは斧から離れると、十階層の入り口を潜っていく。

『デススタンプ』は珍しい即死スキルで、モンスターに攻撃をヒットさせると即死効果を持った黒いオーラが次のターゲットを探し、飛散していくというもの。一応その飛散した黒いオーラの対象は複数だが、その範囲が狭くてほとんどの場合は単体のみ、しかも即死はかなり低い確率で、発動したところを見ることはなかなかに難しい。普通に切りかかるよりも威力が出るから使ってはいるらしいけど、即死が活かせていないのは勿体ない気が——。

「——珍しく手応えがあると思ったらそういうことね……」

ボス階層に踏み込むと彩佳がぽつりと呟く、そこには三段くらいで地面に敷き詰められた金色スライムたち、そしてそれを従えているかのように中央で佇《たたず》む一匹のモンスターがいた。

中央で佇むモンスターは形こそ人に見えるけど、その光沢と揺れる表面からスライムだということが分かる。

特徴的なのは腕で、その数は全部で4本。そしてその1本はこの部屋の入り口に伸びている。

そうきっとあれが——。

「あの腕が金色の管だったってわけね……。ま、本体は淳がきてから攻撃するとして、まずは周りを蹴散らさないと。ふふ、さっきの手応え……ここなら存分に効果を発揮できる！　いくよ！　『デススタンプ』！」

彩佳は事前に話していたとおり、淳が内部から攻撃する時とした後の準備、金色スライムの一掃に取りかかる。

「——ぺぽっ！」

「あははははっ！　さっきの……即死の手応えが堪《たま》らない！　これだけ数がいると低確率で狭い範囲のスキルもばんばん決まってくれて……。こんなに爽快な気分になったのなんていつ以来かな？」

さっきから頻《しき》りに手応えと言っていたのが気になっていたけど、どうやら即死が決まると私たちが普通にモンスターを倒したときとはまた別の快感が得られるらしい。

そう考えれば、数え切れないほどのスライムたちの約一割を即死効果だけで簡単に殺せる今の状況で、彩佳が高笑いをあげてしまうのも納得。

「だからって彩佳一人だけでこの数は流石に……。やっぱり私も交ざらせてもらうわ。『空間爆発【大】』」

——ドンッ
爆発箇所を指定、威力を設定。

この二つの工程を踏むだけで私は見える範囲全てで爆発を起こせる。

威力【大】は百階層のボスにも致命傷を与えられるほどで、問題なく一撃で金色スライムたちを爆散させることができた。

ただ、範囲はやや狭めたからまだ十匹くらい残っていると思うんだけど……。ちょっと派手にやりすぎたせいで煙が……。これじゃあ状況の把握が十分にできないわね。

「ふぅ。魔力の温存を図る淳の行動を考えて【大】を発動させたけど、こんな視界の中でモンスターを殺さないといけないことになるなら、いっそのこと【極大】でボスごと吹っ飛ばしたほうが良かったかも」

「これで最大じゃない、か。相変わらずとんでもないスキル……。朱音、あんたはまだモンスターが残ってるって思ってるみたいだけど、十階層のボスも今の一撃で吹っ飛んだんじゃない？」

「こんな事態になってる時のボスがそんなに弱いとは思えない。ただどれだけ強くても、それなりにダメージはあると思――」

「――ベボ」

煙が晴れ、中央の人型スライム、おそらくは十階層のボスの軽く咳き込む姿が視界に飛び込んできた。

傷はない。怯みも。こいつ、私が思っている以上に硬い？

「――朱音！　淳が！　淳がヤバい！」

モンスターの強靭な身体に思わず額から汗が流れ出てしまっているのを感じていると、彩佳の鬼気迫る叫び声が十階層全体に響いた。

「――くそっ。こいつ想像以上に硬くて……中からでもこんだけしか……。本体に届く前に試して良かったけど……。そっちからなんとかならないか？」

彩佳の声に反応して金色の管、人型のスライムの腕を見ると、少し離れた地点で淳はそれが薄くなっている箇所から顔を覗かせてこちら側に声を発していた。

人型スライムの腕の中にいる淳のその顔は、ぼやけながらなんとか表情を確認できる。たださっき見た時と比べて明らかにやつれているのがどうしようもなく心配になる。

彩佳がヤバいって言ったのは状況もそうだけど、そのやつれた顔によるものがほとんどだと思う。だってあんな弱った淳なんて初めてモンスターと戦った後くらいだから。

「――ん、ぎぎ……。こんなに薄いのに破れない……。淳、あんたどうやってそこだけ薄くしたの？」

「内側は少し柔らかかったから無理矢理剣で削いだんだ。途中までは外まで貫通できそうだったんだけど……。どうしても力が抜けて――」

「淳！」

言葉途中に淳が一気に本体の下まで吸い込まれ始めた。

淳の話や様子から察するにあの人型スライムは獲物を安全に吸収するために獲物を弱らせるスキルを持っているのかもしれない。まるで私たちでいうところの消化機能と同じように。このままだと淳は……。

「――彩佳退《ひ》いてっ！　もう魔力の温存とか言っていられないわ！　……空間爆発【極大】』」

――ドンッ
淳がいる箇所を指定して起きた爆発は轟音《ごうおん》と共に閃光を放ち、爆炎を巻き上げた。

彩佳は距離をとっていたにも拘《かかわ》らず爆風で飛ばされ、近くにいた金色スライムたちは巻き込まれて呆気《あっけ》なく死んでいく。

この爆発はあくまで空間を対象にするから仲間への当たり判定を消すのは不可能。

生半可な実力の探索者なら即死でもおかしくない攻撃。そう生半可な探索者なら。

「――っかはぁ！　こんなに美味《うま》かったのか、外の空気ってやつは！」

「淳、あんた本当に油断しすぎ！　それにその顔……。もう死にかけじゃん！　……馬鹿」

淳はステータスポイントを防御力、魔法防御力に振っている魔法剣士。

タンクの役割ができるステータスにしているだけあって、私の爆発を受けても少し火傷箇所を作っただけ。

「――そんな淳があのモンスター一匹でこんなになるなんて……」

「俺もこうなるなんて思わなかった。ただ自分のステータスを確認したらさ……。こいつ、金色の管は体内に入れた奴のＨＰと魔力、それに経験値も吸収するらしい。ほらこれ見てくれ。軒並み数値が下がってる」

淳が自分のステータスを見せてくれたから確認すると、確かに前に見たレベルより低かった。

経験値を吸収するモンスター……。ということは……。

「大量の経験値を吸った本体はレベルアップしているんじゃ――」

「――きゃっ」

「まっ、またかよ！」

三人で情報の共有を行っていると、爆発で飛び散った人型スライムの腕の肉片がうねうねと動き、私たちの身体に纏わりついた。

まるで肉片に魂が宿っているみたいに。

「くっ！　離れてっ――」

「くく……べぼ」

それを剥《は》がそうと藻掻いていると、いつの間にか目の前に人型のスライムが。

さっきよりも頭身が高くなっていて、手は指まではっきりと形成、顔は目と口、髪の毛や眉毛のようなものまでついている。

恐らく経験値を得たことでレベルアップ、更には進化してしまったのだろう。

より人間に近い姿になった金色スライムは私の口を手で塞《ふさ》ぐと、視線を別に移す。

その視線の先には、ちょうど今地面から地表に出ようとするボーパルバニーが一匹。

金色の人型スライムはそれに指をさすと、新たに形成させた管をボーパルバニーの下まで這《は》わせて、飲み込ませた。

淳が飲み込まれた時とは違って飲み込まれたボーパルバニーはごきゅごきゅと音を立てながらあっという間に吸収された。

進化したことで吸収する力が強まりもう弱らせる必要もないのだろう。

わざわざこれを見せつけたのはきっと私たちをビビらせて楽しみたいからだと思う。

でも残念私のスキルは空間爆発だけじゃな――

「――朱、音……」

「彩佳！」

私がスキルを発動させようとすると、彩佳は人型スライムの腕の肉片に身体を完全に包まれ、斧を落としてしまった。

しかも金色の人型スライムは指を動かして肉片を操作、それからはごきゅごきゅとさっきよりもゆっくり、そして小さく音が立ちはじめる。

「べボ」

まるで『何かすれば一気に仲間を吸収する』と言いたげに金色の人型スライムは目を合わせてきた。

まさかモンスターが人質をとるなんて……。

「彩佳っ！　くそっ！『太陽千斬』――」

淳が彩佳を助けるために攻撃を放とうとすると、今度は淳の腕に張りついた人型スライムの腕の肉片から大きくごきゅごきゅと音が鳴った。

「ぐああああああああああああああああああ！」

すると淳の腕は急激に細くなり……。淳は痛みを伴うのか叫び声を上げた。

こっちはアダマンタイトクラスが三人だっていうのにこの状況……。

油断したとはいえ情けなさすぎる。

やり返したい、けど……。何かしようとすれば二人が――

「魔力20消費……」

そんな歯痒《はがゆ》い思いを募らせていると私の耳に聞き覚えのある声が響いたのだった。

五

――氷の上に映し出される朱音たちと人型スライム。

その戦闘状況は決していいものとはいえず、いつの間にか俺の額には冷や汗が滲《にじ》んでいた。

「攻撃らしい攻撃はまだしてないが……強いな、このモンスター。朱音たちは気づいてないかもしれないが、あの爆発であっけらかんとしている」

『そうですね。【テンタクルスライム】は【ヒューマンスライム】に進化してしまって、再生能力、吸収力、知能、防御力、魔法防御力が飛躍的に強化されています。今までボーパルバニーを餌《えさ》に金色スライムを各層に少数ずつ産み出していましたが、進化したことでその生産に必要なコストも減って……。ここでこの方々が餌として確保されてしまえば金色スライムは爆発的に増殖。そして各階層の通常個体のモンスターたちが次々に金色化すれば、ダンジョンのシステムが通常個体の消失を確認して通常個体を生み出す。となれば溢れたモンスターたちは行き場を失くし、違う階層、又は地上への進出を許可されるようになる。この状況を阻止しなければ被害は甚大になるでしょう』

「モンスターが地上に……」

一階層でスライムを増殖させていたのは、金色スライムを地上に向かわせるため……。

異変を見せるこのダンジョンのモンスター、いやダンジョン自体が外の世界を侵略しようとしてるってことか？

『あ！　全員ヒューマンスライムに捕まって――』

「なっ！　あいつら何やってるんだよ！」

完全に油断していた朱音たちはまだ機能していたヒューマンスライムの腕の肉片に身体を包まれて拘束されてしまった。

朱音のスキルの威力を信用しきった結果、慢心がこんな状況を作ってしまったといえるだろう。

とにかくこのままじゃクロの言ったとおりになってしまう。

「クロ！　ワープゲートはまだか？」

『……出せます！　緊急になるので移動後の位置設定なしになりますが……。とにかくワープゲートを発生させます！』

クロの合図と共にワープゲートが正面に現れた。

俺は弓を構えると躊躇なくそれに突っ込み、そして……。

「――え？」

戦闘中の朱音たちが綺麗に視界に入る場所。

階層の天井付近にワープした。

落下する恐怖を感じつつ、だがこれが千載一遇のチャンスだということに気づく。

なぜならヒューマンスライムは俺の存在に気づいていないから。

この状況なら無条件で攻撃できる。

「――魔力消費20……。ターゲット設定表示」

ターゲット設定
現在自動選択
飛攻撃スイッチ【ON】
■手動選択
・ヒューマンスライム
・人間1
・人間2
・人間3
・金色スライム1、2……
■選択なし
ワープゲートの再発動待ちの間クロから教わった『必中会心』の設定表示。

これを選択すれば相手がスキルか何かで妨害しない限り、勝手に違うモンスターにターゲットを移し変えたりすることはないらしい。

また魔法スキルや相手が放ったものにターゲットを取られないように選択することもできる。

こんなものがあるって分かっていれば、もっと楽に倒せるモンスターだっていたのに……。

「まぁ、今有効活用できているならそれでいいか」

俺はヒューマンスライムという表記をタップして矢を具現化させると素早く弓を引いた。

ロードコボルトの時にはてっきり矢は二つまでの分裂が限界だと思った魔力矢だが、クロ曰くスキル強化でより多く分裂できるようになるらしい。

「早く強化したいな、これ」

放った矢は二つに分裂し、まず淳、彩佳を包んでいるヒューマンスライムの腕の肉片にそれぞれ命中。

ちなみに指定したモンスターのどの部位に当てて矢が飛んでいくのかは、強く念じることで実行されるらしい。

「もう一発……」

朱音がこっちに視線を移すよりも早く俺は二射目を放った。

「飯村君！」

「べボアアアアッ！」

朱音の驚きの声とヒューマンスライムの叫び声が重なり、被弾したヒューマンスライムの腕と右脚が爆散。

現在矢は十八連射可能。驚くのも、痛がるのもまだまだこれからなんだが――。

「――って痛ぇぇ……」

防御力が上がったからなんとかなると思ったが、あんなに高い所から落ちたらそりゃあ足が痛む。骨折してはいないが……。これじゃあ格好つかないな。

「大丈夫飯村く――」

「ああ。とにかく朱音は淳と彩佳を安全な場所に移動させてくれ！」

「……ベボ」

朱音の爆発スキル、それに俺の矢を受けてもまだ死なないヒューマンスライム。

俺はそれを見て朱音に指示を出した。

もしかするとヒューマンスライムは一撃で倒さないと再生するとか、弱点属性で攻撃しないとダメージが入らないとか、そういったタイプのモンスターなのかもしれない。

「なら……。変換吸収の矢で全部吸いとったらどうなるかな」

爆散した肉片は変換吸収の矢によって吸収、ヒューマンスライムの身体はさっきまでと比べて一回り小さくなった。

運良く俺の手持ちのスキルがこいつに刺さってくれたらしい――。

『ボーナス経験値を獲得しました。レベルが98に上がりました。ステータスポイントを2獲得しました』

クロの声に似ているアナウンスが流れる。

ボーナス経験値……。確か金色の角のアルミラージを倒した時も貰ったような……。

『――金色のモンスターは条件を満たすとそれだけで経験値が貰えるみたいです。多分ヒューマンスライムの肉片を吸収したことでそれが貰えたのだと思います』

俺の中で疑問が湧き上がる前に今度はクロの声が響いた。その声はやはりアナウンスと似ている。

「そういうことか。金色犬歯のコボルトとかもあの犬歯を攻撃していれば……」

『それが条件となって経験値が貰えたかもしれ――』

「――飯村君気をつけて！　あいつ何かする気よ！」

クロの言葉を遮って朱音の注意が響いた。それと同時にヒューマンスライムは身体から更に無数の腕を産み出し、四方八方にそれを伸ばし始めた。

打ち落とされてもそのどれか一本で俺を吸い込められればという考えなのだろうが、流石にそれは舐めすぎだ。

迫りくる無数の腕に対して俺は連続で弓を引く。

――パンパンッ！

『レベルが１００に上がりました。ステータスポイントを２獲得しました』

――パンパンッ！

『レベルが１０２に上がりました。ステータスポイントを２獲得しました』

――パンパンッ！

『レベルが１０４に上がりました。ステータスポイントを２獲得しました』

弓を引く度に上がるレベル。

ヒューマンスライムの身体は小さくなり、腕も短くなっているがレベルは2ずつ上がる。

恐らくだが、ボーナス経験値を貰える詳しい条件は、腕の破壊と吸収。だからさっきも腕判定のあった肉片を破壊してレベルアップしたのだろう。

嬉しいことに得られる経験値は腕が機能を失っていない限り短かろうと細かろうと固定になっているようだ。

これは短期決戦狙いで本体に撃ち込むよりもじわじわレベル上げをしたほうが美味いな。

「凄い。あれが本当にあの飯村君なの？」

「へ、へへ。やるじゃん」

「……信じられ、ない」

遠くから朱音たちの声が聞こえてきた。

どうやら彩佳と淳も無事なようだ。

『――へ、へへ、えへへへ』

「誉められたのは俺なのになんでクロが嬉しそうなんだ？」

『協力関係にあるからというのは勿論ですけど、自分の教えを生かして戦ってくれている人が誉められたら、やっぱり嬉しいですよ』

「……そういうもんなのか？」

『そういうもんなんです。えへへ。――ってもう魔力矢が切れますよ！』

全ての魔力矢を撃ちきってレベルは162。

レベル150以降はレベルが更に上がりにくくなったが、それでもしっかり1ずつ上がってくれた。

職業の進化もしたいが、今は一旦離れて魔力矢の補充を――、

「――べボガアアアアッ！」

一瞬の隙をついてヒューマンスライムは自分の口に腕を突っ込むと体を膨らませ……。爆散。その命は一度絶たれる。

しかし、それを待っていたかのように、周りにいた金色スライムがそれに触れてヒューマンスライムは元の大きさで再生。

そのままヒューマンスライムは全身からより多くの腕を産み出した。

「――くっ！　魔力消費60！」

俺は慌てて過剰とも思える魔力矢のストックを作り、弓を引くが……。

「間に合わない、か……」

全て撃ち落とすよりも早くそれらは俺のもとへ……。

逃げるにしても今からじゃ……。

「――『空間移動』」

腕が俺の身体に巻きつきそうになると、突然ヒューマンスライムが姿を消して、なぜか俺の前に朱音が……。

「――朱音？」

「私とモンスターの位置を入れ換えたわ！　今のうちよ！」

見渡すとヒューマンスライムは俺の後方遠くに。

俺とヒューマンスライムが戦っている最中、朱音は俺が劣勢だと悟って急いでこのスキルを有効に発動できるように準備をしてくれたのだろう。

流石アダマンタイトクラスの探索者、機転も利くしスキルも強力だ。

だがこのまま攻撃をしていてもまた手数が足らずに押し切られかねない。

朱音は今発動したスキルの反動で、その場に膝《ひざ》をついているし……。

『――今のうちに職業進化をしてみてはどうですか？　そうすれば初回のスキル強化が無条件で行われますよ』

「そうすれば手数を増やせるか。なら……」

『ステータス』


進化可能。以下から進化先を選んでください。
■弓使い【魔弓】
回復の弓や転移矢などの主に特殊な弓、或いは特殊な矢を生成するスキルの取得が可能。
■弓使い【属性】
炎、水、雷などの属性スキルの取得が可能。属性攻撃への耐性がつく。

ステータス画面を表示すると、一番下に新しい記載が。

「……どっちがいいんだ、これ」

『確か会心と相性がいいのは【魔弓】で、どちらでも魔力矢の強化はできた、はずです。痛っ……。すみません、ちょっと曖昧で……』

「いや、助かる。それと無理はするな」

思い出せない記憶に引っかかりを感じたのか、またクロは頭に痛みを感じたようだ。

俺はそんなクロを心配しつつ、弓使い【魔弓】をタップした。

『――職業が弓使い【魔弓】に進化しました。全てのパラメーターが上昇しました。発動中のスキルを一度リセット、魔力を回復しました。所持スキルを一括強化しました。スキル：魔力弓を取得しました。魔力を消費することで弓を具現化できます。発動時に消費魔力を設定、その値で弓の強度、攻撃力バフ、発動時間が決定されます。スキル：回復弓を取得しました。魔力弓発動時に発動可能。発動中は回復量を選択して自己のHPを回復できます。この時回復量によって魔力を消費し、それとは別に発動中も魔力を消費します』

新しいスキルは気になるが、とりあえずは魔力矢の準備をしないと……。

「魔力消費……70」

強化された魔力矢を発動すると、真っ白だった矢が黒色に変色し、禍々しさと共に頼もしさを感じさせてくれる。

「べボ……」

その間ヒューマンスライムはというと周りの金色スライムたちを吸収し、身体を大きくさせていた。

無理に突っ込んでくるのではなく、この機会を活かして自分の強化に努める辺りが人間的だ。

「――ベボアアアアアアア！」

一瞬の静寂の後、ヒューマンスライムは全身から再び無数の触手を生み出して襲いかかってきた。

復活用の金色スライムを残していないところからも本気が伺えるが……。

「さあ、どれぐらい魔力矢は強化されたのかな……」

俺はそんなヒューマンスライムを見つめながら、期待と不安が入り交じる感情をコントロールし、落ち着いて弓を引いた。

「速い、それに……」

黒い矢は今までの白い矢よりも桁違いに速く、線でしか捉えられない。

そんな高速で飛んでいく矢は花が開くように分裂、計十本の線が次々にヒューマンスライムの腕を破壊していく。

「ベボ！」

俺の攻撃が予想以上の数だったのだろう、ヒューマンスライムは少し驚いてみせた後、すぐさま腕を盾に本体ごと突っ込んできた。

このままでは勝てないと踏んでの捨て身の突進か。

だが……。

「折角ここまで来てもその身体じゃもうどうにもできないだろ？」

「べ、ボ……」

十本に分裂する魔力矢を連射し、触手は全破壊。ただ、流石に分裂の数が多かったからなのかその弾け具合は物足りなく、威力も下がって見えた。とはいえヒューマンスライムにはそれでも十分。その身体はネズミサイズまで縮んでいた。

新しく生み出す触手も小指程の長さで、俺には到底届かない。

「でも念には念を、か」

俺はヒューマンスライムが一撃でないと倒せない可能性も考慮して、たんまり溜まったステータスポイントを会心威力に全部振り。改めてヒューマンスライムに弓を向けた。

――パンッ！

『レベルが192に上がりました。ステータスポイントを10獲得しました』

腕を破壊して調子良く上がっていたレベルだったが170を超えてからはなかなか上昇せず、それでもヒューマンスライムが数えきれないほどの腕を出してくれていたお陰で俺はレベル190に。

その上で本体を倒して今度は2レベルアップ。

ボーナス経験値といい、ヒューマンスライムを倒した時の経験値といい、癖のあるモンスターではあったが、終わってみれば経験値稼ぎには最高だったな。

「た、倒したのよね？　飯村君が一人で……」

「いや、朱音がスキルを使ってくれたから勝てたと思う。あれがなかったら多分俺は――」

「おいおいおい、なんだよ今の黒い閃光に赤いエフェクトは？　こいつ本当に飯村だよな？」

「淳！　それより先に言うことがあるでしょ！　……あの、助けてくれてありがとう、飯村」

信じられないといった表情で朱音が話しかけてくると、避難していた淳と彩佳が合流。

二人共急に優しくなってちょっとだけだが……。気持ち悪いな。

それにしても、さっきまで動くことも難しそうだったのに二人共よく走って……。

「……これってまさか――」

『――はい。私がリジェネをかけておいたのでそれなりに動けるようになりました。ただお二方ともHPが高かったので全回復はしていません。これ以降の探索は中止して一旦身体を休めたほうがいいと思います』

「やっぱり。そんなに魔力を使って大丈夫なのか？」

『リジェネはそんなに消耗しないので大丈夫です。どちらかといえばこの会話のほうが魔力を使いますね』

「……はぁ。緊急時以外はなるべく話すのを我慢してくれ」

『すみません。話せるのがつい楽しくて……。本当は他の方とも……。いえ、これ以上控えておきます』

「そうしてくれ」

「……えっと、そのずっと気になってたんだけど飯村君は誰と話してるの？」

クロとの会話が途切れると朱音が困り顔で話しかけてきた。

そっか、他からすれば俺が一人で話しているように見えるんだよな。……こんなに恥ずかしい思いをしたのはいつ以来だろう?

「——えっと、これはこのダンジョンがフェーズ2に入ったことである存在を復活させる必要が……。それで——」

『ダンジョン一から十階層までを統括するモンスターを討伐しました。一から十階層までのモンスターは全て正常な状態で出現するようになりました。十一から二十階層のモンスターを統括するモンスターが出現中。探索している人間現在一人。HPはフル。十階層の階段を利用可能にしました』

俺が言い訳っぽく言葉を並べているといつものアナウンスが流れた。

少し焦っていたから無理矢理間をとってくれたのは有難い。

「今のは私にも聞こえたわ。一から十階層まではこれで正常になった、けど……これと同じようなことを繰り返さないともっと深い階層には行けないみたいね。それにしてもいつの間に階段が閉鎖されたのかしら?」

「ダンジョンから逃げてこられた奴らは昨日の夜前までにほぼ全員窓口に報告済み。閉鎖されたのは夕方くらいじゃないか? とにもかくにも、今の情報を聞くに次の階層で捕まってるのが一人いるのか?」

朱音の質問に答えながら淳は額に皺《しわ》を寄せた。

きっと取り残された人のことを考えているのだろうが、これについては俺は全く心配していない。

だってその一人は……。

「この状況でHPが削れていない探索者なんて拓海くらいだ。心配しないでもあいつなら勝手に帰ってくるんじゃないか？」

「拓海……。そうね。拓海なら問題ないわ。一旦帰って淳と彩佳の治療を急ぎましょう」

「そうだな。……うっ。なんだ、急に……。――うっぐ……」

拓海の名前を出して全員を安心させたまでは良かったが、身体に異変が……。

頭が痛い。熱い。魔力を吸収した時のあの熱さに似ている。

立っていられないほどじゃないが、何か喉の奥から込み上げてくるような……。

『消費魔力に対してヒューマンスライムから吸収した魔力が大きく上回って魔力が溢れている状態です。放っておけば溢れた分は空気中に流れ出ていくので、勝手に治ってくれるはずです。ただ、どうせならそれを【魔石】として吸収させてもらえたら嬉しいです』

俺が苦しんでいると冷静な口調でクロが語りかけてきた。そのお蔭か少しだけ落ち着くことができた。

「――どうや、って」

『魔石はモンスターだけが生成できるものではありません。人間も同様にそれはできます。ただ人間の体内には魔石を留めておける器官がないので生成が自動で行われないんです。とにかく、溢れる魔力を一カ所に纏めるイメージをして少し身体を力ませてみてください』

「わかっ、た」

クロに言われたとおり、俺は普段見る魔石をイメージしながら、雑巾を絞るように身体から魔力を放出していく。

「飯村君大丈夫？　もしかしてさっきの戦いで怪我とか……って、これは？」

「はぁ、はぁはぁ……。ふぅ……本当に、できた」

俺の両腕の中に生まれた魔石。

その大きさは極大魔石よりも二回り大きい。

売却価格は五、六百万……いや、それ以上かもしれない。

「これを……。『捧げる』」

俺はそれを躊躇なく復活用に消費。魔石は相変わらずドロッと溶けて消えていく。

『――必要魔力に達しました。ダンジョン攻略のためにシステムクリエイター補助、サポーターのクロを復活させます。魔石の自動吸収を停止しました』

今まで捧げていた分があるからといってまさかもう達することができるなんて……。

それにしてもシステムクリエイター補助って……。

俺が想像していた以上にクロの肩書きが凄いな。

「今のアナウンスは何？　今飯村君は何をしたの？」

「……実は魔石の吸収っていうのが自動で行われていたんだが……。それが今ので終わってくれたんだ。復活っていうのはこのダンジョンの異変を解決に導いてくれるサポーターが解放されるって意味で――」

――ブオン
朱音とその後ろでじっとこちらに視線を向ける彩佳と淳に対して説明をしていると、唐突に俺たちの目の前にワープゲートが現れた。

そして数十秒経つと、その中から見覚えのあるエルフの女性が姿を見せる。

真っ黒の髪色に碧色の瞳でスラッとした体形。


こうして動いていると、勝手に視線を奪われるほど美しい容姿。

しばらく動いていなかったからか、歩き方がぎこちない。

「――えへへ、まだ変な感じはしますけど……。完全復活みたいです」

「はは、そうか。それで記憶も全部戻ったのか？」

「いえ。なぜここにダンジョンがあって、自分がどうしてここにいて、その役割を担っているのか、そういった情報の一部は分かるのですけど、普通に暮らしていた時の記憶やダンジョンに閉じ込められた時の記憶は思い出せなくて……」

いつも脳内で流れていた声が、実際に耳に届く。

そのせいか余計にクロの不安感が伝わる。

「閉じ込められたことと記憶喪失はまた別の原因があるんだろうな。もしかしたら嫌なこと、トラウマになっていることかもしれない。だから無理に思い出さなくてもいいと思うが……」

「……はい。心遣い有難うございます。あっ！　飯村様以外は皆さん初めましてですよね。改めまして私はクロ。エルフという種族であり、ダンジョンに存在するこのシステムを生み出したシステムクリエイターの補助という肩書を有してします。今後はダンジョンの異変を解決すべく皆様のサポート

をさせていただきますのでどうかよろしくお願いします。それと皆様の名前は既に飯村様から聞いていますので自己紹介は結構ですよ」

「「「……」」」

クロの登場にポカーンと口を開く三人。

まぁその反応をしてしまうのも分かる。分かるが……ちょっと間抜けで面白いな。

「早速ですがダンジョンについて説明を――」

――ぐぎゅるるるる
特大の腹の音。

真面目な面持ちからそれが発せられたからか、クロは話を中断して顔を少しだけ赤くさせた。

なんというか折角の美人なのに締まらないな。

「あ、はは。先にご飯にしましょうか！　クロちゃん？　でいい？　私が外の料理屋さんに案内してあげるわ」

「……はい。ありがとうございます」

ポカーンと口を開けていた朱音がすかさずフォローを入れると、俺たちは一度ダンジョンから帰還するために階段を上りはじめることにした。

こういった気の使い方は流石ギルドの代表といったところだな。

「――こ、この先が地上なんですよね」

階段を上り始めてしばらく経つと、俺たちと一緒にいることにも慣れたのかそれとも、この先の世界に興味があるからなのか、目を輝かせながら質問を投げかけてきた。

「そういえば金色スライムの時は特殊な状況下だったから地上に出られたみたいだが、クロはその辺問題ないのか？」

「はい。元々地上に住んではいたはずなので……」

「その地上に住んでたってのが気になるよな。だって俺たちのいる世界じゃエルフなんて見かけないぞ」

「それは私も思った。でもエルフだけじゃなくて伝説の生き物の出てくる本とかもあるくらいだから、今は私たちの知らないところでひっそり暮らしてるのかもよ」

「……そうなのかいクロちゃん？」

「すみません。どうしてもその辺りの記憶が……。ぼんやりと外の風景がこんなのだったかなって想像はできるんですけど」

「こら淳！　クロちゃんが困ってるでしょ！」

「ああ、思い出そうとすると頭が痛むんだっけ……。すまん。無理させちまって」

「い、いえ、構いません」

話に割って入ってきた彩佳と淳のコンビにたじろぐクロ。

つい聞きすぎた淳には朱音からお叱りが飛ぶ。

まだＨＰは全快じゃないはずだが……。まったく、タフな奴らだよ。

「――ふぅ……もう地上に出ますね」

「そんなに緊張しなくても今ならエルフだからといって過度に驚くような人は少ないさ。それに何かあれば俺たちもいる。行くぞ」

俺は先陣を切って階段を上がる。

するとそこには椅子《いす》を用意して座り待つ江崎さんと医療班の人、それにマスコミのような人たちが階段から距離をとった場所で待機していた。

この状況でマスコミの人たちを入れるなんてことはないと思ったが……。まさか俺たちが吉報を持ってくるという読みでマスコミを使って探索者たち、ダンジョン関係者の炎上を消しにかかってるのか？ ただそうだとしても、ちょっとギャンブルが過ぎないか？

「おっ！ やっと出てきたぞ！」

「し、質問いいですか？」

「はいはい、前もって話したとおりこれ以上は近づかないでくださーい。またモンスターが出るかもしれませんし、探索後の探索者は気が立っていることが多々ありますから質問に答えてほしいならこちらの指示に従ってくださーい」

どこか棒読み気味な江崎さん。なんだかこの状況を楽しんでいるようにも見える。

「それじゃあ報告を聞き……。あれあれ、結局『ファースト』の代表たちも一緒なのね？ ってその女の子は誰？ 人間……じゃないわよね？」

依頼の結果を聞きながら、それをマスコミの人たちに聞かせようと働く江崎さんだったが、俺の後から出てきたクロを見た瞬間、雰囲気が一変した。

「わ、私は、ク、クロ。エルフで……。ダンジョンの異変を解決するために復活して……十一階層の――」

「クロが協力してくれたお蔭で金色モンスターの出現原因になっていたモンスターを討伐できました。証言はアダマンタイトクラスの探索者三人がいるのでそれで足りるかと。一から十階層までは正常に戻っていますが、それ以降はまだ異常な状態が続いているので侵入しないようにお願いします。報告は以上です。あとクロはまだ地上に慣れていません。あまり驚かすようなことはしないようにお願いします」

「……分かったわ。報告ありがとう。詳しい内容は正式な報告書に記入してメールで送って頂戴。さて、ここからは質問を受け付けます。質問のある方は挙手してください」

困っている様子のクロを庇っただけなのだが、口調が強めになってしまったため空気がピリついた。

あれだけ食い気味だったマスコミの人はおとなしくポツポツと手を挙げる。

「――はい、じゃあそこの人」

「●●新聞の浅井です。十階層以降で異常が続いているとのことですが、未だに帰ってきていない人たちはどうなったのでしょうか?」

「そ、それは……」

「――その質問も含めここからは私たちがお答えします。お二人は今回の功労者なので先にお休みさせていただきますね」

クロが自分では答えられない質問に対してたじろぐと、すかさず朱音が割って入った。

「功労者……。それって異変の解決、というか一部解消はアダマンタイト探索者ではなくそちらのお二人が――」

「はい。とてつもない速さで成長していて、この異常で発生した特別に防御力の高いモンスターは彼のスキルによって対処できました。勿論スキルの内容については個人情報になるので――」

「――あ、あの、お休みの前に直接お二人にもう一つだけ質問を……」

マスコミの一人がフォローに入ってくれた朱音だけでなく今質問している人すらも無視して俺たちに直接質問を投げかけようとする。

この人一体どんなメンタルしてるんだ。……というよりそもそもモラルがない。

「……二人は裏口から帰りなさい。でも報告書はちゃんと提出してね」

「は、はい。その時はまたよろしくお願いします。行くぞ。クロ」

「は、はい」

流石にそのマスコミの人には江崎さんも困り顔を浮かべ、俺たちに帰るよう耳打ちをしてくれた。

そんな江崎さんの好意に甘え、俺はクロの手を引いて外に向かう。

「――よ、良かったんですか？　私もあの場で他の人間の方に説明しなくて……」

「朱音や江崎さんがわざわざ気を使ってくれたんだ。ここは甘えさせてもらうのがある意味マナー。

それにマスコミ連中はずっとクロの耳を見てた。身体的な質問、記憶に関わる質問が飛んできて……。

あのままいたらまた頭が痛くなっていたと思うぞ」

「……それは、ちょっと困りますね」

「探索者がこの異変に対して積極的に働いていることは伝わっただろうから、今後マスコミ連中にクロから説明はしなくていい。世間に伝えないといけないことは、俺伝いで探索者窓口が取捨してくれるからな」

「そうですか。その、飯村様にお話しするだけなら緊張しなくていい、ですね」

「別に俺だってクロと出会ったのはさっきだから、そんなに親しく話せる間柄じゃないと思うんだが」

「そうですけど、飯村様は初めてお会いした時から話しやすい雰囲気で、やっぱり今も一番話がしやすいです」

「そうか……。あんまりそんな風に言われたことはないけどな。まぁいいか。とりあえず俺の家に帰って、少しでも目立たないようにこっちの世界の服を貸すよ」

「飯村様の家ですか……」

「別に何かするわけでもない。ただ嫌なら無理強いはしないが」

「いえ、嫌じゃないです！　ただ、それはそれで別の緊張が――」

「――もう建物の外に出るぞ。マスコミ連中に見つからないようちょっとだけ走るからな」

ビルの裏口からクロを連れて外に出ると申し訳なさそうな表情をするクロと一緒に小走りで、自分の家を目指すことにした。

第二章　懐かしの共闘と虫の階層

一

探索で時間がかかったからか、それとも全て中に詰め込んだからか、俺が探索者ビルを訪れた時と打って変わって、外にいたはずのマスコミ連中はゼロ。

これなら安心して帰宅できると思ったが、通りがかった人はどうしてクロが気になってしまうようで、ちらちらと視線を向けてきた。

しかし……。

「――これが、外」

辺りの人に警戒をしている俺とは対照的に、クロはそれどころじゃない様子で周りを見渡し始めた。

もしかして太陽光が駄目とか、空気が悪くて体調を崩したとかじゃないよな？

「大丈夫かクロ――」

「こんなに大きな建物……さっきまで私たちこの中にいたんですか？　……凄いっ！　それにさっきからビュンビュン走っているあれはなんですか？　モンスターではないですよね？　人の数も凄い、建物の数も……。なんとなく前にいた世界の光景は分かるんですけど、それはもっと森や草原が占めていて……。ここまで人為的に、綺麗な街並みは想像さえできませんでした」

見る物全てにいちいち感動を覚えるクロ。

クロが元々いた世界は日本とは別の場所。車がなくて木々が生い茂っているような田舎、それとも次元の違うどこか？　……ダンジョンが存在しているのだからそんなファンタジー世界もあり得る、のか？

「……とにかくあんまり適当に動き回ると轢かれるかもしれないから気をつけてくれ」

「あ、え、はい。分かりました。でも……。あ、あのやけに綺麗な絵、あれに描かれているのはこの世界の食べ物ですか？」

「……そうだが、食べたいのか？」

「えっと、その……。はい」

クロが指差したのは、コンビニで売っているパフェののぼり。

確か、あそこのコンビニにニット帽が売っていた気もするし……。耳を隠すアイテムを買うついでに奢《おご》ってやるか。

俺はクロを連れてささっとコンビニに寄り、買い物を済ませると、クロにニット帽を手渡して深く被らせその耳を隠してもらった。

クロはまだまだいろんな商品に興味津々だったが、とにかく俺は安心したいために家へ急ぐ。

そんな俺の気持ちも知らずに小走り状態でもパフェに舌鼓を打ち、ずっと目を輝かせているクロ。

その顔はどことなく子供っぽく感じる。

戦っていた時の声からはもっと大人らしい雰囲気があったんだが、今は妹みたいな感じがするな。

「――ってクロその身体……」

「なんだか身体に力が漲《みなぎ》って……。これ、凄く美味しいだけはなくて魔力を増幅させる凄い食べ物ですね！」

パフェを食べたクロはその身体から薄っすらと黒いオーラを放ち、折角耳を隠したことを無意識に台無しにしてしまっていた。

「凄いのはいいがあんまり目立つのは良くないな、それ」

「す、すみまふぇん……」

「別に謝らなくても……。まぁ、クロの魔力がこんなことで回復するなら有難いけどな。あのワープゲートとかもかなりの魔力を使うんだろ？」

「んっ……。はい。正直なところ復活用の魔力をちょっと流用しないといけないくらい消費魔力が大きいスキルで……。でも今後はパフェがあるので安心です！　ただ私がこうやって簡単に魔力を取り込めるような世界ということは……」

「ということは？」

「よへいにもんふた――」

「すまん、それを食べきった後、家に着いてからまたその話はしよう」

「はひ！」

――そうして数分後、ようやく家に着いた俺は、パフェを食べていたクロを招き入れて飯の準備をしていた。

クロはそんな俺の様子から早く話を始めないといけないと思ったのか、勢いよくパフェを食べ進め、口のまわりに生クリームをつけたまま、神妙な顔を見せた。

本人はいたって真面目なんだろうが、俺から見るとどうしても緊張感に欠ける。

「……もう聞いてもよさそうだな。それで簡単に魔力を取り込めるとどうなるんだ？」

「余計にモンスターたちが外に出たがって、イレギュラーを起こしてしまうのではないかと……。本来ダンジョンの階段はモンスターが通れない仕様になっています。それはモンスターを自然発生させるために必要なデメリットで、それを解消するためにはダンジョンが進化する必要があって、それには時間経過が必要……。つまり今起きている異変はモンスターが外に出るためにダンジョンが進化しているという証《あかし》なんです」

「モンスターが地上に出るための進化、か。ただ、それはさっきヒューマンスライムを倒したように各階層を正常化すれば止められるんだろ？」

「はい。ダンジョン全階層、二百階層を正常化すればそれは防げます。ただそれでもダンジョンの進化は再びフェーズ1からスタートするだけ。時間経過でまた同じようなことが起こります。だから、それを引き起こさないように完全にダンジョンの攻略をしようと私が元々いた世界では躍起になっていたようです」

「ダンジョンを攻略すると願いが一つ叶えられるから、か？」

「はい。よくご存じですね」

「風の噂でそんなのが出回っててな。まぁそんなの信じてるのは朱音くらいだと思うが」

「そうですか。であれば朱音さんにそれは本当だったと伝えてあげてください。今回のダンジョンの異変、進化を止めるためには深い階層に向かうためのモチベーションも重要だと思いますから」

「分かった、伝えておく。それで話の続きだが、クロのいた世界の人たちはダンジョンを攻略したんだよな？　だから、『そっちの世界』から『こっちの世界』にダンジョンを移した」

「……察しがいいですね」

「エルフってのはこっちでは異世界を代表するような種族、まぁそれでもそんなことはないと思ったんだが……」

いろいろな情報を得た状態のクロがここに来て世界という言葉を使うようになったから鎌《かま》をかけてみたが……。図星か。

「私たち、飯村様たちからすれば異世界人なんて信じられないものであり、混乱させてしまうかなと思っていたんですけどそれは杞憂《きゆう》だったみたいですね。……私の記憶にある世界はエルフだけでなく、外にモンスターもいて……。この世界とは間違いなく別の世界、異世界でした」

「……だよな。まぁそもそもダンジョンなんていう存在に足を突っ込んでる俺たち探索者が今更異世界とか言われてもそんなに取り乱すことはないと思うぞ。ただ、マスコミ連中は別だが」

「私も何となく大丈夫かなって……。不思議ですね、飯村様相手だとつい、気が緩んでしまいます。この家もなぜだか落ち着きますし……。あっ、こ、これは……。もう、気が緩むっていってもここまでは流石に品がなさすぎですね、私」

クロはそっと口元に手を当ててるとその生クリームに気付いたのか、赤面した。

「ほらこれ使ってくれ。……それでダンジョンを攻略してこっちにダンジョンを移したのは分かったが、なんでクロがあそこに閉じ込められていたんだ？」

「……それは、『贖罪《しょくざい》』らしいです」

再びクロは神妙な顔つきを見せる。

今度こそ緊張感が伝わると、俺は解凍するために火にかけていたカレーを少しだけ焦がす。

「――おっと……。ちょっと待ってくれ、その続きは飯を用意してからにさせてくれ」

俺は慌てて火を止めて、カレー二人前を用意してリビングテーブルに持っていく。

嫌いな人間はいないだろうと思って安易にカレーを用意してしまったが、異世界人の味覚ってこっちとは違う可能性も……。いや、その前にエルフって食べられるものが決まっていたような……。

「……いい匂《にお》いですね」

「カレーっていってな、何種類ものスパイスを使った料理なんだ。口に合うか分からんが、良かったら食ってくれ。あ、あと一応牛の肉が入ってるんだが……」

「さっきのパフェも『ウシ』の乳が使われていましたね。こちらの人間は食用に他の生き物を育てる技術が高いんですね」

……そういえば、まったく警戒せずにパフェを食べていたな。

思えば俺たちの知っているエルフは想像の生き物でしかない。実物と違うのは当たり前か。

「それで『贖罪』ってのは？」

「……攻略後、ダンジョンを転移させるにあたって宗教的な思想でそれに反対する人たちが現れまして……。それで大きな争いが起きたみたいなんです」

「争い……。戦争か？」

「はい。そしてその宗教的な思想を持っていた集団を率いていたのが我々エルフの仲間の一人だったようで……。結局戦争に敗れはしたみたいなんですが、ダンジョンを転移するという大罪を犯す自分たちができるせめてもの『贖罪』ということで私は転移後の世界の助けとなるためにダンジョンで凍結。転移後の世界で危機が訪れるその時まで眠らされていたというわけです」

「だったら普通そのエルフがその役目を担うんじゃないのか？　わざわざクロがこんなことをする必要はないだろ。もしかしてそのエルフって……」

「いえ、私はそのエルフ本人ではありません。なぜ私が選ばれたのか、そこは思い出せませんが、私が他のエルフに比べて補助系スキルを複数所持していたことが大きいと思います。知識として頭に残っていることも多いですし、スキルの研究を専門にしていたのかもしれないですね」

「とはいえ、俺ならそれで納得はできないけどな」

「もしかしたら私もその瞬間は抵抗していたのかもしれません。でも今はこうして信じられないくらい美味しい物が食べられていて役得だなって思います。……んー！　これも美味しいですね。ちょっと辛いですけど」

　クロは話が暗くなりすぎないようになのか、明るい表情でカレーを頬張る。

「異世界に戦争、ダンジョンの進化。この辺りは全部江崎さんに報告。……となれば今後はダンジョンの正常化を図るために探索者総動員でこの事態を解決するために動くことになるか。ダンジョンは込み合うことになりそうだな。はぁ、せめてこの家からダンジョンに直通でいけたら楽なんだが……」

「そうですね。私としてもダンジョンの様子を逐一チェックしておきたいというのと、この家で暮らしたいっていうのがあるので、そうなれば便利なんですけど……」

「そうだよな。だけど、地上でスキルなんて……。え？　暮らす？」

クロの思いがけない発言に一瞬思考が飛ぶ。

「はい。見たところ家には飯村様だけのようですし、お家も広いので問題ない、ですよね？」

上目遣いでおねだりするクロ。

確かに両親は早くに亡くなっているし、兄妹もいない。残されたこの家は一人で住むには広すぎる。

だからって会ったばっかりの女性と一つの屋根の下なんて……。

というかクロの奴、どれだけこの家が気に入ったんだ。

「――悪いが、それはちょっと……」

「『ワープゲート』」

――ブオン
唐突に現れたワープゲート。

そういえば地上でもスキルが使えるようになっているってSNSで言ってたか。

「やっぱり……。こっちの食べ物で生み出された魔力だけを使うと、私の場合発動されたスキルの性質が異なるみたいです。ちなみにこの今生み出した『ワープゲート』は永続的である代わりに、自分の家として認めた場所と私が凍っていた場所だけを繋げられるようです。またこのワープゲートを発現させていることで生じる魔力の消費は、自分の家と認めた場所か私の凍っていた場所での睡眠によってのみ回復させることができるみたいです」

「自分の家……」

「えっと……。恐ろしいことに深層意識の中でもうここが自分の家だって思っちゃってるみたいで……。あの、このゲートを自由に使っていただいて構わないので……。お願いです。ここに住まわせてください！　あの冷たくて何もない場所で寝て過ごすのはもう嫌です！」

「……まったく困ったことになったよ」

俺は頭を下げるクロの姿を見てふっと息を吐くと、意を決して仕方なく首を縦に振った。

——それからしばらくして俺はクロの部屋を用意。再びコンビニに行き、生活用品と女性用ショーツを買って、クロの服は取り敢えず俺の服を使ってもらうようにお願いした。

その後は依頼の正式な報告書を作成。提出。

そんなこんなですっかり疲れてしまい就寝。

クロはというと俺の作った肉じゃがを食ったこともないくせに懐かしい味だと言って、たらふく食うと俺より早く寝てしまった。

女性と二人で生活するなんて大変なことになってしまったが、その日の内から案外馴染めてしまったのが不思議だ。ただ朱音たちにこれを言ったらどういう風にいじられるか分からない。

だから同居についてては秘密にしておこうとクロと約束をしたのだった。

二

「────ん……。ちょっと身体がだるいな、昨日の戦闘の疲れか？　ふぁ。今日はもうダンジョンに行かないなんて選択肢もあるか」

「あ、やっと起きましたか？　おはようございます飯村様、じゃなくて飯村さん」

翌日。起きた頭でぼんやりと思考を巡らせていると、再び睡魔が襲い掛かる。

いっそのことその睡魔に負けてみようかと、葛藤しているとそれをさせまいとクロの声が響いた。

それにその飯村さんって呼び方……。そういえば、一緒に暮らすのだからと他人行儀《ぎょうぎ》すぎるのは良くないと俺が様で呼ぶのは止めようと提案したんだっけ。

「あ、ああおはようクロ。……てなんで俺の部屋にいるんだ？」

「あの、なんというか一人で寝てると氷の中に閉じ込められていることを思い出して……。迷惑、でしたか？」

「迷惑じゃないが……。はぁ、このことも朱音たちには絶対言わないでくれよ」

「は、はい。よく分かりませんが、分かりました」

クロは男女間のそういったことに疎いみたいで、昨日もなんで秘密にする必要があるのかと問いただしてきた。

結局納得したのかどうか分からないまま、ほぼ無理矢理約束させてしまったが……やっぱり分かってなかったか。

「あ、そういえばさっき『テレビ』で飯村さんが出てましたよ。本当にすごい技術をお持ちですね、あのテレビという物を作った方は。あの一瞬のシーンがあんな風に忠実に映し出されるなんて」

「テレビ、俺が？　……うわ、マジか」

クロの言葉にハッとして俺はスマホアプリからニュースを見た。

『一階層から十階層の解放！　ダンジョンの異変を解決するのはブロンズランク探索者！』

『エルフは存在した？　超絶美女のエルフと去っていくブロンズ探索者！』

いろんなネット記事がまとめられたそのアプリの表紙には俺とクロの写真がでかでかと……。

コメント欄はクロの見た目に対するコメントが多く、俺については現代の英雄、或いは王子様気取りのおじさんと好き勝手なコメントが乱雑している。

探索者の生存については未だ探索の完了している階層が少ないため、正確な情報はお伝えできないと朱音がコメントをしてくれたようだ。

朱音、淳、彩佳の明らかに疲労している写真から、ダンジョンの異変がどれだけ恐ろしいものになっているか読み取った人も多く、意外にも批判コメントは少ない。

「それに記事によると、江崎さんが他の高ランク探索者たちが十一階層以降に侵入するところを見せたらしく、そのことも判断を減らす要因になっているようだ。やっぱり江崎さんもやり手だよな。というかそれだけたくさん高ランクの探索者が向かえば早期正常化の可能性もあるかも……」

「そうですね。とはいえ地上からじゃ様子は窺えないので、準備をしたら早速私たちもダンジョンに移動しましょう」

「私たち……。いや行く予定ではあるけど」

いつの間にか一緒に行動するのが当たり前みたいになっている。

まぁ本来クロは人間のサポートが仕事なんだから当たり前といえば当たり前なんだが。

「はい。ご飯を食べて準備して早く行きましょう。そう、ご飯を食べてから！」

「クロ、お前早くダンジョンに行きたいんじゃなくてただ、早く飯を食いたいだけなんじゃ――」

――ぐぅぅぅぅぅううううぅぅぅぅ
特大の腹の音が響くと俺はやれやれと飯の準備をし、クロは茶碗いっぱいに盛った白米をあっという間に味噌汁《みそしる》で流し込んでしまうのだった。

「――十一階層以降の探索者の数は二十人。大分《だいぶ》増えてますね。最高到達者は十九階層。どの人たちもＨＰは満タンです」

「……本当に便利だな、そのスキル」

「詳しく知るにはそれなりの魔力を消費、あと離れすぎないっていうのが条件ですけど。十一階層から二十階層ならまた映像を出すこともできますよ。どうします？」

「じゃあ頼む」

「了解しました」

ダンジョンへ向かう準備を済ませると、俺とクロはあの大きな氷のある部屋までワープゲートで移動していた。

江崎さんにクロの話を伝えに行きたいと思っていたが、今日この後集められた魔石の買い取りも一緒にしたいから後回しで構わないという考えだ。

クロが復活した今、魔石の吸収はされない。であれば今後は二人分の生活資金を稼ぐという意味で、魔石はできるだけ多く持ち帰りたい。

「あ、もう出ますよ」

クロが映し出す複数の探索者の姿。

どの探索者も昨日からこの階層にいるのだろう、相当疲れた顔をしている。

十一階層から二十階層は一フロアがそれまでの倍くらい長いらしい。それに加えて十一階層から二十階層までを統括する、ヒューマンスライムに似たモンスターがいるのだから一日かかりの探索も仕方なしといったところだ。

それよりも気になるのはあの拓海がまだここを突破していないということ。

統括するモンスターを見つけるのはそれほどまでに難しいのか、それとも――。

「――良かった、やっぱり無事だ」

複数ある映像の中から俺は拓海の姿を見つけた。

元気のある様子ではないが、怪我をしているわけでも、勿論死んでいるわけでもない。

「今のところこの人たちの近くに階層を統括するモンスターはいません。通常どおりモンスターも湧いてます。ただ違和感があるとすれば。どのモンスターも人間もダメージがまるでないんですよね」

「たまたまモンスターと探索者が遭遇してないだけじゃないか？　映像を見てもモンスターと遭遇してる探索者は見られないし」

「……そうかもしれませんが、注意するに越したことはありません。統括するモンスターは今回もボスのいる二十階層にいます。ボスを手なずけているのかこちらも戦闘している様子はありません」

「ボスと統括するモンスター二匹同時に相手をしないといけないってことか……」

「はい。今からワープゲートを生成しますが、その間にご自身のステータス、スキル、ステータスポイントの確認をしておいてください。それと今発動させるワープゲートは繋げられる場所に条件があって……移動先は十一階層になります」

「分かった」


『ステータス』

名前：飯村一也
職業：弓使い【魔弓】
年齢：28
レベル：192
HP：364／364
魔力総量：227
攻撃力：678
魔法攻撃力：170

防御力：344
魔法防御力：344
会心威力：32400%
スキル：必中会心、変換吸収の矢（強化済み吸収効果アップ）、魔力矢（派生済み【黒矢】）、魔力弓、回復弓
ステータスポイント：0

クロに言われて俺は自分のステータスを見直した。

レベル192。前聞いた話だとアダマンタイトクラスの探索者はレベル350前後らしいが、もう俺のレベルはその半分以上。

この間の金色モンスターがどれだけ効率のいい経験値モンスターだったのかを改めて思い知る。

それにしても192レベルでブロンズランクだと逆になんでまだブロンズにいるの、と質問される可能性さえあるな。この数日でかなり強くなったもんだよ、本当に。

「ステータスポイントも振り終わったし、一応これだけ試しておくか。魔力弓、魔力消費10」

俺は新しく取得したスキル魔力弓を発動させた。

すると黒い弓が俺の手に勝手に握られた状態で現れる。

軽く曲げてみた感じの強度は、今背負っている弓よりも高い。

魔力消費がネックだが、効果時間が長いならこっちをメインにして、元の弓はサブとして扱うのが

いいのかもな。

「――飯村さん、準備できました」

「ありがとうじゃあ行くか。ダンジョン正常化とクロの分の生活資金集めに」

俺たちは一呼吸入れると、生成されたばかりのワープゲートに早速足を突っ込んだ。

すると……。

「――ギギ……」

「ヘルマンティスか」

意気揚々と十一階層に移動した俺たちの目の前にモンスターが現れた。

十一階層から二十階層は昆虫型のモンスターが蔓延るゾーン。

昆虫型モンスターは耐久力が低い代わりに、状態異常を付与してきたり、体内で生成した糸などで罠を作ったり、とにかく戦い方がトリッキーで上層階を抜けてきた探索者でもゴリ押しばかりだと足をすくわれる相手。

深い階層よりもこの階層で亡くなる探索者が多いことからデッドゾーンなんて言われ方もしている。

正面に見える巨大なカマキリといった見た目のヘルマンティスは確か『保護色』を用いて襲ってくるとか。

「クロ、気をつけろ。なるべく俺の近くにいるんだ」

「はい。でも私、攻撃は全然ですけど防御力や耐性には長けてるのでこの辺りのモンスターくらいどうってことないですよ。飯村さんは私に気を遣わず思うように戦ってみてください」

「そうか、ならお言葉に甘えて……。魔力消費10」

俺は早速具現化した矢をこれまた具現化した弓に装填した。

しかしヘルマンティスはこちらの殺気に気づいたのか、瞬く間に姿を消した。

これがスキル『保護色』。

実際にはそこにいるはずだが……。まるで透明人間を相手にしているような気分。

だが残念、俺の矢は相手が見えずとも必ず命中する。

「設定を変更……。面白いが俺の前では無駄なことだったな」

弓から放たれ飛び出た黒い矢は、姿を隠すヘルマンティスに向かい容赦《ようしゃ》なく飛んでいく。

そして、それはあっという間にヘルマンティスを捉え、その身体を爆散させた。辺りに広がった衝撃波で更に隠れていたモンスターたちが爆散。

「……弱いな」

変換吸収の矢で魔力を回復しつつ、俺は呟いた。

正直なところ、HPが多くて根性スキルを持っていたウォーコボルトやロードコボルトの方が遙かに強く、モンスターと戦っているという充実感のようなものが感じられていた。

だが、この調子だとそれを感じさせてくれるのはボスくらいのものなのかもしれな――

「――飯村さん、全部変換吸収の矢で吸収しましたよね？」

「ん？　吸収したが、どうしたんだ？」

いつの間にか俺の側から離れていたクロが、ヘルマンティスが爆散した場所で怪訝《けげん》な顔を見せる。

不穏な空気が辺りを包み、俺はつい喉を鳴らしてしまう。

「じゃああれって……」

クロが指差したのは、細長く黒い『何か』。よく見れば脚のようなものが付いているように見える。

「……まさかこれもモンスター？　このタイミングで現れたってことはヘルマンティスの体の中に？」

「私もそうだと思います。ただこんなモンスター私は見たことがなくて……。それでももし予想するなら、このモンスターは相手に寄生するタイプのモンスターで、寄生することで攻撃を寄生先のモンスターに肩代わりさせる力があるのかも……」

クロはそう言うと、黒い『何か』を拾い上げ戻ってきた。正体を調べるためとはいえ、得体のしれないものをよく躊躇なく触れるよな。

「……。やっぱりモンスターか。まぁそいつ自身の戦闘力は低そうだから、あんまり警戒する必要はないだろ」

「そうですかね？　見たことのないモンスター、寄生するという習性。これって階層を統括するということに繋がっていそうじゃな――」

「クロ！」

クロの摑んでいたモンスターが、急にその身体をよじらせてそこから抜け出した。

そしてそのモンスターは会話をするために開いていたクロの口の中へ。

金色スライムは外に出るために増殖した……。

きっとこのモンスターは外に出るために、人に寄生しようとしている……。

「――急いでそれを吐き出せ！」

俺は飲み込んでしまったモンスターを吐かせるためにクロの口に指を突っ込んだ。

だが漏れてくるのは唾液《だえき》だけ。俺は仕方なくクロの口から指を抜いた。

「くそ、駄目か……」

「い、飯村、さん」

「よ、良かった。もしかしてとは思ったが流石に自我を乗っ取られるってことはないみたいだな――」

「い、いえ……。も、もう限界が……。こ、このままじゃ私が、私じゃ、なくなる……。早く、逃げ――」

全ての言葉を言い切る前にクロの手は俺の頬を掠めた。

それには肉を深く斬り割くほどの攻撃力はないが……。

「クロが俺に攻撃するなんて……。寄生虫、か。これは最悪な探索になりそ――」

「――う、ぐ、ううううう！」

「速い！」

再びの攻撃に急いで距離をとろうと後方に逃げるが、逃げさせまいとクロは予想以上に機敏な動きでぴったりとついてくる。

「戦うしかないが……。でもどうする？」

「ぐうあぁぁあっ！」

逃げることを諦めて立ち止まると、クロの手刀が俺を襲った。咄嗟にその手刀を具現化した弓で受け流したが、このまま押されっぱなしだといつか俺のほうも危なくなってくる。

そうなってくると気は引けるが、無理矢理にでもクロを拘束するしかない。

「痛いだろうけど我慢してくれよ」

俺はクロの手刀を受け流すのではなく、一度受け止めて、隙に横っ腹にローキックを決めた。

だが――

「いって……。なんて硬さだよ」

「ぐうう……」

まるで鉄の塊でも蹴り飛ばしたかのように足がジンジンと痛む。防御力が高いとは言っていたが、まさかここまでとは。

「ただ……。全くダメージがないわけじゃないみたいだな」

今の一撃のお蔭かクロの動きが止まった。

そしてこの隙にクロを取り押さえ拘束しようとすると……。

「――飯村さん、対象を、設定から、対象を選んで、それで矢を撃ち込んで、ください」

「クロ？　お前意識が――」

「早く！　今の攻撃で、中のモンスターが驚いている、うちに」

俺は自我を取り戻したクロに言われ、慌てて設定画面を開いた。

ターゲット設定
現在自動選択
飛攻撃スイッチ【ON】
■手動選択
・クロ
・パラサイトワーム
■選択なし

「強化した魔力矢は、対象以外を無視させることが、今なら、今の私がいれば、できるようなっている、はず。私の中の、モンスターを狙って……撃ってください」

身体を震わせながらクロは両手を広げて、無防備な状態に。

その様子から身体を自由に動かせる時間は終わりを迎えようとしていることが分かる。

——できるはず。

確信のない言葉に弓を持つ手が鈍る。

設定でパラサイトワームを選択してはいるが万が一の場合クロは……。

——また自分の周りの人が死ぬ。

まだ知り合って間もないクロだが、家族がいなくなったその日のことを思い出してその姿がどうし

引いた。

俺はパラサイトワームの姿を思い浮かべながら目を瞑《つむ》ると、重たくなった手を必死に動かして弓を
「くっ！　……分かった」

「早、く。もう、無、理……。う、ぐああ！」

ようもなく重なってしまう。

――パン

いつものモンスターが弾ける音。

それが響き渡ると俺は手を震わせながら恐る恐る目を開ける。

「――い、飯村さん……」

「クロ！」

そこには地面に倒れ込むクロの姿が。俺は急いで駆け寄り、そっとクロを抱き寄せる。

「呼吸は、ある。矢に貫かれた痕跡《こんせき》はない。……死んで、ない」

「やっぱり、大丈夫でした。……あの、えっと、泣かないでください。このとおり私は無事なので」

「え？　あ、俺……」

目元を拭うと手に僅かだが水滴が……。

泣いたのなんていつ以来だろう。両親の葬式でも泣かなかったのに……。なんで俺、会ったばっかりの女性にこんなに感情を……。

「――えっと、それにしても厄介なモンスターでしたね。十一階層から二十階層までを統括するモン

スターはもしかしたらあれを使って、通常湧きのモンスターや人間をコントロール。兵隊のように扱っているのかも……。えっと、大丈夫ですか、飯村さん」

「あ、ああ……。そうなると、あれだな。探索者がダメージを受けていない理由っていうのは、もしかしてパラサイトワームに寄生されて兵隊化しているからか？」

「可能性はあります。実際に寄生されて分かったんですけどあのモンスター、パラサイトワームは身体の中で僅かではあるものの成長をしていました。もしあれがより大きく成長すれば、体内から人間やモンスターを食い破ることだって……」

「食い破る……。なるほど、寄生した状態で一度外に出て、そこから外身である人間を乗り捨てようって考えか」

「おそらくは……。ただそれも時と場合によると思います。単純に成長するための餌にする可能性も……」

「……とにかく急がないとヤバそうだな。急ぐぞ、クロ」

俺は寄生されその身体を食い破られる拓海の姿を思い浮かべると、冷や汗を流しながらダンジョンを突き進んだ。

——そしてパラサイトワームに初めて遭遇してから数時間後、俺たちは十三階層の探索を開始していた。

モンスターの数の多さと、階段の場所の分かりにくさ、それに次第に広くなるという階層の作りがどうしても時間を溶かしてしまっていた。

こんな時こそクロのワープゲートを利用したいところだが、それには条件があり……。それは移動先の階層の下り階段と上りの階段を認知している必要があるというもの。

一階層から十階層はあからさまにそれが配置されていたからクロも問題なくワープゲートを使えていたが、階段の位置の分かりにくい十一階層から二十階層はそうはいかない。

「——飯村さん、前から三匹です！」

クロの報告を聞き、弓を引く。

寄生されているモンスターを殺してもクロの時と同じでそのダメージ、更には高度な狙い撃ちとなっていることが原因なのか、追加攻撃の衝撃波によるダメージもパラサイトワームには入らず、外身とパラサイトワームの二匹分、つまりは一匹分余計に多く弓を引かないといけない。

ちなみにパラサイトワームから倒しても寄生されている側にはダメージが入らない。

順番を変えても結局手数を倍にしないといけないという点は面倒の一言に尽きる。

「次、右から二匹です」

「次から次へと……ん？」

再びクロの報告で弓を引こうと、右方向に視線を移す。

すると、その先にいたモンスターに異変が見えた。

「——頭が……」

ヘルマンティスが二匹で頭が四つ。

二匹共一方の頭がもう一方の頭を齧《かじ》っているが、これって……。

「成長したパラサイトワームが寄生したモンスターに成り代わろうとしているみたいですね。既にパラサイトワームのほうが数段上の力を持っていると思うので、ヘルマンティスがいくら抵抗してももう……」

ヘルマンティスに似た姿になり頭を齧るパラサイトワームだが、その姿はヘルマンティスと異なり目が赤い。

それに肉を食うための歯がびっしりと揃《そろ》っていてその凶悪さを表している。

――ぶち、びり、ぐちゅぐちゃ

パラサイトワームはヘルマンティスの頭を食べ終わると、今度はヘルマンティスの身体を内側から引き裂いてその全貌《ぜんぼう》を露わにした。

隆起した筋肉とヘルマンティスよりも大きく鳴る羽音、それにその凶悪な顔が、ボスクラスの威圧感を放つ。

普通の探索者ならこの事態を見て面倒なことになったと嘆くのだろうが、俺からすれば倒す相手が減った分楽になった気がす――

「――ギ、ガガ、グギギ……。ヴヴォエッ！」

俺が弓を引こうとすると、パラサイトワームは意外なことに地面に伏して苦しそうに悶《もだ》えだし、そしてその口から丸い『何か』を吐いた。

「あれは……。飯村さん！　あの丸いもの、急いで『卵』を射ってください！」

……やっぱりあれ卵だよな。カマキリの卵は確か百匹以上生まれるんだっけ。もしヘルマンティスにその性質があって、パラサイトワームがそれまでも似せているのならこのダンジョンは俺たちが思っている以上にパラサイトワームで満ちているのかもしれない。

俺はそんな危機感を感じながら弓を引いた。矢は卵一つとパラサイトワーム二匹目がけて分裂しながら飛んでいく。

パラサイトワームがいくら成長した姿に変化しているとはいえ、今の会心威力があればなんてことはないはず。うん。大丈夫なはず。

――パンッ！　パンパンッ！

パラサイトワームたちと卵に矢が命中。若干の心配を余所にいつもの光景が俺の目の前に広がった。

衝撃波が出ても、周りに固定ダメージが発生している様子がないところを見ると、この辺りにはもうパラサイトワームはいないみたいだ。

「ふぅ。取りあえずは大丈夫か――」

『レベルが195に上がりました。ステータスポイントを6獲得しました』

「レベルアップ……。しかも3も。もしかして孵化《ふか》前でも生まれてくるはずだったモンスター分の経験値が貰えるのか――」

「飯村さん！　まだ！」

「え？」

完全に気を抜いていると、パラサイトワームが弾け飛んだはずの場所に卵が……。

もう一匹のパラサイトワームは卵を敢えて体内に留めてギリギリまでそれを守ろうとしていたのだ

ろう。

——ぷちっ

俺はそんな卵が孵化してはまずいと思い、急いで弓を構えたが、それと同時に卵に穴が空いた。

「——ギギ！」

そしてその穴からは数えきれないほどのパラサイトワームが姿を現し、しかもその生まれたばかりのパラサイトワームたちは勢いよく四散し始めた。

そんなパラサイトワームたちを狙い弓を引くが、素早すぎて何匹かは衝撃波の範囲から逃れて何処《どこ》かへと消えていく。

ちなみに今倒した分だけでレベルは197。やはり経験値が美味い。

それにしてもあれだけの数のパラサイトワームが蔓延《はびこ》る階層なんて危険そのもの。

やっぱり俺たちが知らないところでも同じようにパラサイトワームが……。

「一旦江崎さんに報告しないと——」

「ギギ！」

「飯村さんっ！」

スマホを取り出して侵入中止を促すメールを作成しようとすると、パラサイトワームが俺の足元から数匹顔を出した。

そしてそんなパラサイトワームたちは俺の体内に入り込もうとしているのか、脚から身体へと這い上がってくる。

「口を閉じてっ！　鼻も摘《つま》んでくださいっ！　中に入られたら、あっという間に意識を支配されます！」

クロはそう言うと、俺の身体に張りついたパラサイトワームたちを剝がしにかかる。だが、パラサイトワームたちはその複数ある脚を俺の身体に食い込ませて必死に抵抗をする。

「ちょっと痛いかもですけど……。我慢してください！」

クロはパラサイトワームたちを剝がすことを諦め、俺にダメージが入ることを覚悟して殴打を繰り返す。

しかし攻撃をすればするほど、パラサイトワームたちはスキルを発動して俺の身体からＨＰを吸い出してくる。

最悪のリサイクルが完成してしまったことに気づき、俺とクロの額からは汗が流れ始めた。

このままじゃじり貧。そのうちにＨＰ０になって死んでしまうぞ。

「――ギギ、ヴ、ブ」

焦燥感が生まれ、心臓の鼓動が速くなり始めた時、俺はパラサイトワームたちの変化に気付いた。

なんとその小さな身体が成長とは別の意味で大きくなっていたのだ。

ふっくらとした身体になったパラサイトワームたちは苦しそうに口から息を漏らす。恐らく受けたダメージよりも吸収したＨＰが多く、その余剰分で身体が膨れたのだろう。

そもそもＨＰがまるで食べ物のように腹に溜まるということに少し驚きだが、多分漫画によくある気力、生命エネルギーのオーラみたいに実態を持つことができるのだろう。

となればより多くのＨＰを相手に送れれば……。

『回復弓、魔力消費……２０』

俺が自分に回復スキルが備わっていることを思い出し、それを発動させた。

すると魔力弓は緑色の光を放ち、そのまま俺の身体に伝わりはじめた。

身体の痛みがスッと引いていくような不思議な感覚。充実感が全身を包み、それと同時にパラサイトワームたちは一層大きく膨らむ。

ＨＰを吸えば、一気にそれが流れ込み、何もしなければクロに殺される。

そんな八方塞がりの展開にパラサイトワームたちはとうとう参ったのか、俺の身体から離れようとする。

だが俺は敢えてパラサイトワームたちを抱き、それを阻止した。

無理矢理ＨＰを吸わせるため、そしてここでも物理ダメージを入れるためきつくパラサイトワームを締めあげる。

「ギ、ギギ……」

――パンッ！　……パンパンパンパンパン！

一匹破裂すると連動しているかのように他のパラサイトワームたちも破裂。

俺の周りにはその死体と体液が飛び散った。

まさか初めての回復弓がこんな使用方法になるなんて思いもしなかった。

『レベルが２００に上がりました。ステータスポイントを６獲得しました。スキル：転移弓を取得しました。一度見たモンスター或いははっきりと場所の分かるモンスターの下まで放たれた矢を転移させます。スキル：魔力弓が強化されました』
「もうレベルアップか」
「おめでとうございます。恐らくですけど、パラサイトワームのボーナス経験値が影響しているからレベルが早く上がっているんだと思います。条件は自分のＨＰを吸わせてから倒す、とかじゃないですかね？　それで何かスキルは増えましたか？」
「ああ。だが試す前にステータスポイントだけ振らせてくれ」

『ステータス』

名前：飯村一也
職業：弓使い【魔弓】（次回進化まで残り300レベル）
年齢：２８
レベル：２００
ＨＰ：３７２／３７２
魔力総量：２４５
攻撃力：７１０
魔法攻撃力：１７８

防御力：360
魔法防御力：360
会心威力：34000％
スキル：必中会心、変換吸収の矢（強化済み吸収効果アップ）、魔力矢（派生済み【黒矢】、魔力弓、回復弓、転移弓）
ステータスポイント：0

ステータスポイントを振り分けて今一度スキルを確認すると、俺はクロに視線を戻した。

「一応今覚えたのがこの転移弓になるが――」

「『転移弓』！　やりましたね、飯村さん！　そのスキルがあればこんな階層ちょちょいのちょいですよ！　……多分」

いきなりテンションの上がったクロに対して愛想笑いをすると、自分と俺の温度差に気づいたのか、クロは恥ずかしそうに言葉を付け足した。

ともあれ、『転移弓』が声を荒らげるほどのスキル性能だというならば俺としても早く試したい。

大量のパラサイトワームを殺したが、まだまだ生き残りはいるはず。それを狙って使ってみるか。

『転移弓』

心の中で念じると弓は暗めの紫色に変わった。

俺はそれを構えて逃げ出したパラサイトワームの姿を頭に思い描き、弓を引いた。

すると空中に黒い円が現れ、放った魔力矢は分裂しながらそこに吸い込まれていく。

恐らくこれが転移の入り口。

そしてその先にはモンスター、今だとパラサイトワームへと続く出口があるはず――。

――パンパンパンパンパンパンパンパンパンッ！

辺りの様子を見渡そうとすると、ダンジョンの至るところで爆《は》ぜる音が響いた。

放った矢よりも音が少ないことから、逃げたパラサイトワームはこれで全滅したはず。それにしても姿を見ることもなくモンスターを一掃できるなんて明らかに性能がおかしい。

そして今のでレベルがまた1上がった。クロの階層を見るスキルと併用したら今まで以上に経験値の荒稼ぎが可能かもしれない。

「スキルが強化されれば他の階層にも放った矢を転移できるようになるはず。そうなればノーリスクでしばらくはダンジョンの正常化が可能ですね！」

「このスキルは他の階層まで範囲内にできるのか……。ちょっと強す――」

「――ふーっ……。ふーっ……」

スキルの強さに驚いていると、今度は正面の草影から息を荒げた女性がゆっくりと姿を現した。

武器を持っていないところを見ると職業は格闘家のようだ。

目の色が赤く、胸の辺りを押さえているところを見る様子から、この人も寄生されているのだろう。

しかもパラサイトワームに食われるまでもう時間はなさそうだ。

『転移弓による攻撃を受けてないのは、この人に寄生するパラサイトワームを視認、そして選択できていなかった、からだろうな。つまり、この人は俺が逃がしたパラサイトワームではなく、違う個体に寄生されて……おそらくは長い時間この状態だったと、とにかく……魔力消費10――』

「うっ、ヴォエ――」

魔力矢のストックを作り、矢を装填するのとほぼ同時に女性の口からもう一つの顔が……。

「も、少し、俺、これで外に――」

人間の顔を模したパラサイトワームは呟きながら女性の首筋に噛みつこうとする。この距離だと通常であれば今から弓を引いても噛みつくまでに矢は間に合わない。

だが……。

「な、んだ――」

俺と女性の目の前に途端に現れた小さな黒い円、これは魔力矢の転移入口と出口。

転移弓は見えない敵を攻撃するだけでなく、弓を引いてから相手に当たるまでの時間短縮、つまりはその距離をショートカットすることができるらしい。

――パンッ！

黒い円を通った魔力矢は一瞬で距離を詰めてパラサイトワームに命中、女性はその場に倒れ込んだ。

そしてそれを見たクロが急いでその女性のもとに駆けより、呼吸を確認。

ほっと胸を撫《な》で下ろす仕草からして女性に別状はなさそうだ。

「それにしても危機一髪だったな……。後から入った探索者がこれじゃあ拓海は……」

「『ワープゲート』。……。一旦この女性は氷のあるあの場所へ移動させて、急いで下へ――」

「駄目、行ったら……。あの人が、また……」

クロが発現させたワープゲートの先に女性を連れて行こうとすると、女性が意識を取り戻した。

「何が『また』なんだ？　それにあの人っていうのは――」

「飯村さん、この人また意識を失ったみたいです。きっと私の言葉に反応して意識を朦朧《もうろう》とさせながら注意してくれたのでしょう。とにかく安全な場所に移動させてきます。ちょっとだけ待っててください」

クロは一瞬だけ意識を取り戻した女性を担いでてワープゲートを通り抜けた。

「はぁ、拓海の状況が聞きたかったとはいえ……。俺、自分が思ってる以上に焦ってるのかな？」

配慮に欠けていた行動を反省すると、俺は次の階層への階段がないか辺りを見回す。

すると遠くに再び探索者の影が。

ただ俺たちの行動を見て恐れたのか、そそくさとその場から離れ……。探索者は突如として消えた。

あれはつまりこの階層から移動したことを意味する。

「――戻りました！　あの人はあんなこと言ってましたけど、パラサイトワームが増えて、万が一外に出たら大変です。さ、早く先へ――」

「分かってる。こっちだ」

「え？　え、ちょ、ちょっと！　早くって言いましたけど、やっぱりちょっと待ってくださーい！」

あれを追えば急ピッチで階層を下れる。

俺はクロに申し訳なさを感じつつも消えた探索者を走って追いかけた。

三

「――はぁはぁはぁ、すみません、私、限界かもです」

「はぁはぁ、はぁ、はぁ、お、俺も……。流石にずっと走りっぱなしはヤバいけど……」

十七階層。

俺たちが追いかけていた探索者は突然脚を止めた。

スピードこそないものの、ここまで脚を止めることは一回もなかったのだが……。

ともあれ息は乱れていない、もしかしてパラサイトワームに寄生されると疲れや痛みは感じなくなるのかもしれない。

とすれば、さっきの女性探索者がパラサイトワームから解放されても意識を失ってしまったのは、寄生されている時に疲れや痛みを無視した無理な動きによる反動が原因なのだろう。

「――で、でも、ここまで他に寄生されている人がいなかったのは助かりましたね」

「そうだが……。それがずっと違和感ではあ――」

「ぐあああああああっ！」

遠目で探索者の様子を窺いながらクロと会話をしていると、探索者は唐突にモンスターに似た大声で叫んだ。

そしてそれに反応するように辺りから大量のモンスター、それに探索者が十人現れた。

どうやら俺たちはこの探索者にここまで誘い込まれたらしい。

『『リジェネ』。回復スキルを発動させました。背後のモンスターは私が近づけないようにするので、安心して、まずは正面からガンガン射ってください」

「助かる。じゃあ……。魔力矢、魔力消費50。魔力弓、魔力消費40。転移弓」

俺はクロの指示に従うために弓と矢を準備。クロはそれを確認して動き始めた。

「——こっちです！　やぁあああああ！」

クロが走り出したのを合図に俺は転移弓で見える範囲全てのモンスター、それに探索者に寄生するパラサイトワームに対して弓を引いた。

——パン！　パンパンパンパンパンパンパンパンパンパンパンパン……

雨のように注がれる魔力矢はモンスターの爆ぜる音を奏でる。

前方のモンスターたちは群れて向かって来てくれていることもあって、直接矢が届く前に衝撃波で大多数が死亡。

大虐殺が始まった。後ろに控え、衝撃波が届かず生き残っているモンスターの中には、その光景を見て、後退をはじめる個体や、子孫を残すためか卵を吐き出そうとする個体が現れ始めた。

俺は前列を粗方《あらかた》処理しきると、次に卵を吐き出そうとする個体を狙い射ち、その周りを殺す。

「飯村さん！　こっちにヤバイのが！」

「分かった」

クロも卵を吐き出そうとする個体に気づいたのか、見つけ次第俺に声をかけながら背後のモンスターたちを上手《うま》く誘導してくれる。

この連携ならこの数でも怖くはな――

「――『旋風裂刃《せんぷうれつは》』」

「なっ！」

「飯村さんっ！」

突然俺の周りに凄まじいつむじ風が巻き起こり、まるで刃《やいば》の如《ごと》く襲いかかってきた。

完全に切断されてしまうほどの威力はないものの、包丁で手を切ってしまった時くらいの切り傷が全身に……。

痛い。だがそんなことよりもなぜこんなスキルが相手側から発動されたのかが分からない。

初めのうちに探索者たちに寄生しているパラサイトワームたちは処理したはず――。

「ぎ、ぐぐ……」

「いつの間にか立ち上がって……。もしかしてまた寄生されたのか？　なら、もう一回！　……。あれ？　中のパラサイトワームは死んだはずだよな？」

俺は声のするほうに視線を向け、そしてそこに立っていた探索者たちに向けて矢を放った。

しかし、寄生しているパラサイトワームに命中しても探索者たちに横たわる様子やよろめく様子は見られない。

「これはどういうことだ？　……。可能性があるとすれば寄生するパラサイトワームが今の一撃で死ななかったとか……。なんにせよ、まだこの人たちは解放されてな――」

「『刺刺《とげとげ》』」

不可思議な現象に首を傾《かし》げていると、探索者の一人がスキルを発動。俺の足元から茨《いばら》が生え伸び始めた。

脚を伝って巻きつく茨が身体に食い込み、細かい棘《とげ》が突き刺さる。

だがこれを外すことに時間を費やせば相手の思う壺《つぼ》。

接近戦に持ち込まれ、弓を引く余裕を失えばあっという間にＨＰを削り取られるだろう。

「ぐっ……。痛いが……。手を止めないぞ、俺は」

腕を動かす度に食い込む茨。

俺は歯を食い縛りながらその痛みを堪えて、今度こそ探索者に寄生するパラサイトワームを殺すため弓を引いた。

――パン！

パラサイトワームが爆ぜた音は確かにした。だけど探索者たちは倒れない。茨に拘束されている状態だというのに、今ので仕留め切れなかったのはまずい。もう一回弓を引く前に反撃が――

「――う、が……」

「攻めて、来ない？」

一連の流れから探索者たちが一気に距離を詰めようとすると思い身構えたが、探索者たちは一斉に後退を始めた。

――ブオン
「飯村さん！　大丈夫ですか？　リジェネがすぐに効くとは思いますけど、念のため自分でも回復をしてください！　私はこれを断ち切ります！」

探索者たちの行動に安堵していると、俺の異常に気づいたのかクロがわざわざワープゲートを使ってここまで来てくれた。

ということはクロはこの階層の下り階段の場所が分かったらしい。

「助かった。ありがとうクロ」

「お礼はいいですから早く回復してください。私が誘導していたモンスターも飯村さんが相手をしていた人たちも事を終えたらまたすぐに襲ってくるはずです」

「事を終える？　それってどういうことだ？」

「向こうを見てください」

クロが人差し指で示した先にはさっきまではいなかったはずの大きな男性が。ここからだと顔ははっきり見えないが、その体格的に俺の知らない人物なのは間違いないだろう。

それと気になったのはよく見ると確認できる窪《くぼ》み。多分あれが階段の入り口。

きっとクロは男性が階段から現れるところを発見し、この階層で『ワープゲート』を使用できるようになったのだろう。

「——ギ、ギギ」

「あれは……縄張り争い？」

クロが誘導していたモンスターの内の一匹であろうヘルマンティスがいつの間にか男性の側まで移動を完了させていた。

しかもヘルマンティスは口を大きく開き、捕食する体勢に。

寄生された同士は争わないと思っていたが、そうではないのか？

「ギギ……。アガッ！」

「え？」

男性が食われる瞬間を見過ごすわけにはいかない。

そう思って観察を止めて弓を引こうとすると、男性はヘルマンティスの口をがっちりと掴み、無理矢理広げた。

そしてなんと……その中に顔を突っ込んだのだ。

じゅるじゅると吸い出すような音がここまでうっすらと聞こえるが……。

「あれは一体何をしているんだ？」

「ヘルマンティスの卵が孵化する前にそれを体内に取り込んでるんだと思います。あの人のあの膨らんだ身体は卵を体内で保管しているからじゃないでしょうか。あの人にはきっとそれができるのでしょう」

「だとしても、それをするメリットはないだろ」

「これも推測でしかないんですけど……。飯村さん、さっき魔力矢でパラサイトワームを殺したはずなのに倒れない人たちがいましたよね？　多分あれ、飯村さんのような攻撃を持つ敵への対策としてあの男性が仕組んだんだと思います。本人はああやって卵を体内にも保管し、寄生していたパラサイトワームがいなくなると同時に次が孵化するように細工。そして他の人やモンスターに細工済みの卵を移動させている……」

「つまりストックを作ってるってことか。でもそんなことできるとは到底思えないが……」

「ですけど実際、飯村さんの攻撃を受けてもあの人たちは倒れませんでしたよね。元々あの人が持つスキルなのか、それともあの人に寄生するパラサイトワームによるものなのか、そこまでは分かりませんけど……」

「それは……。まぁどっちにしろ、脅威はすぐに排除だ」

——パンッ！

俺はクロの話を聞き終えると、そんな存在はとにかく危険、即排除だと判断し、弓を引いた。

そして魔力矢は二つに分裂、まずその卵を吸い出されている最中のヘルマンティスに命中すると爆散。続けて分裂したもう一つの魔力矢が男性の身体にいるパラサイトワームに命中、小さく音が鳴るのだが……。

「全然鳴り止まないだと……」

『レベルが210に上がりました。ステータスポイントを20獲得しました』

男性の身体に住み着いていたパラサイトワームの数が異常であり、更にそれらが体内で同一のものという判定なったのか、おそらくそれで全てを殺すために衝撃波が男性の体内で広がった。だから俺のレベルは一気に上がった。

「卵の状態ではなく孵化してパラサイトワーム自体が体内に留まっていた、いや、もしかして留まらさせていた？　それにいくら特殊なスキルを持っていたとしても、なんで卵の保管と移動なんて面倒な役割を率先して……」

「う、あ？」

「来るか……」

今の攻撃で俺たちの存在に気づいた男性。

ゆっくりと近寄るその姿は次第に鮮明になり、見覚えのある顔を俺の目に映す……。

「――拓、海？」

四

体内のパラサイトワームがいなくなったからか、先ほどに比べてスリムなったその身体……。頬はこけていて、目は赤いが……。その顔は拓海で間違いない。

「う、ぅ……」

拓海は突然立ち止まる。すると腹の辺りからボコボコと音が鳴り、折角スリムになった身体は再び膨れ上がった。

きっと俺が殺した分ストックしていた卵が体内で孵ったのだろう。

今ある情報を整理すると、拓海は孵化しても体内に収まるだけの数にパラサイトワームを調整できる、その上で他のパラサイトワームから卵を回収して保管している。

保管した卵は必要分だけ取り出し、他の探索者やモンスターに移している。そうすることで既に探索者やモンスターの体内にいるパラサイトワームが殺されてもすぐに卵が孵化して再寄生。

この孵化のタイミング調整を拓海がしているのかは不明。

そもそもあの拓海があれだけの数のパラサイトワームを身体に宿すことになった原因も不明。

統括モンスターが原因だとしても拓海だけにパラサイトワームを複数寄生させるメリットも不明。

もしかすると、それは意図していないことなのかも。

「う、が……」

「う、うう……」

「集まって来たな」

身体が再び膨れて苦しそうにする拓海のもとに探索者たちが群がり始めた。

そして、ヘルマンティスの時のように口を開く。

今度は卵を吸い出すのではなく、卵を移してあげるのだろう。

「う、あ……」

案の定、拓海は異様に長い舌を探索者の口にそっと伸ばし卵を移動させ始めた。

その舌先には水色の何かに包まれた卵が三つ。

やはり孵化に関して細工がしてあるようだ。

「あの長い舌。なぜかパラサイトワームに食べられはしていないものの、人ではないそれに変わりつつありますね。早く助けてあげないと取り返しのつかないことになるかもしれません」

「ああ、分かって——」

「うが、がががあああああっ！」

残された時間は少ないと認識すると、拓海が卵を渡した一人の探索者が雄叫《おたけ》びを上げた。

そして、その口からは、人の顔を模したパラサイトワームが姿を見せる。

俺は急いで攻撃を仕掛けようとするが、それよりも早く拓海が動いた。

「う、ぐ。……させない」

拓海は一瞬人間の言葉を呟くと、探索者の口に手を突っ込み、パラサイトワームを引っ張り出した。

仲間同士で攻撃することができないからなのか、拓海はそのパラサイトワームを無理矢理自分の口に突っ込み、飲み込んだ。

次第に身体が大きくなる拓海。その姿を見ながら俺の頭にはあの時助けた女性探索者の『また』という言葉が思い出された。

拓海はパラサイトワームに食われそうになる探索者を助けるために無意識に近い状況でそれを吸い出している？

そして、その時の光景をあの女性はなぜか覚えていて……。『また』というのは自分たちを助ける拓海のこの行動を俺たちが深い階層に行き、パラサイトワームに寄生されることで『また』させてしまう恐れがあるという意味の『また』なのでは？

「拓海お前、いつもつんつんしてぶっきらぼうなくせにこんな時ばっかり格好つけて……。そんなことして死んだら、朱音が悲しむぞ！」

俺は身体の傷がまだ治りきっていない状態ではあるものの、回復弓から転移弓に切り替えてストックしていた魔力矢全てを放った。

するとモンスターは全滅。だが探索者たちと拓海の体内にある卵はすぐに孵化、再寄生。

探索者たちは各々で強力なスキルを繰り出し始めた。ある程度はクロが対応してくれはするが、それでも無鉄砲にひたすら弓を引く俺のＨＰはゴリゴリ減らされ、立っているのもままならなくなる。

だがそれでも俺は弓を引くことを止めない。

「――はぁはぁはぁはぁ……。やっと倒れてくれたか……。これであとは、拓海だけ」

「う、ぐ……。うぐあああああああああああああああああ！」

それからしばらくして探索者たちのパラサイトワームをゴリ押しで殺しきると、最後まで残った拓海が満を持して突っ込んできた。

「飯村さんには近づけさせない！」

「駄目だ！　避けろクロ！」

俺を庇うようにクロは両手を広げて拓海が迫ってくるその進路に立ち塞がる。

これまでの戦闘でクロにはダメージが蓄積されており、拓海の攻撃を受け切れるとは思えない。俺は必死に弓を引くが、拓海はもう自分の身体のパラサイトワームが増えたり減ったりしても何も反応してくれない。このままじゃ、クロが……。

「――う、ああああああああああっ！」

「い、飯村さん？」

これが火事場の馬鹿力ってやつなのか。なんとか動いた脚で俺は攻撃を遮る壁となるべくクロのもとへ向かい、そのままもたれるようにその身体を両腕で包み込んだ。

あくまでサポートしてくれる存在でしかないクロに対してこんなこと……。でも、不思議と後悔はない。

「──うあっ！」

拓海の攻撃を受け、俺は走馬灯を見る間もなく、全身に激痛を感じた。

波紋が広がるようにゆっくりと身体に走る痛み。それは恐ろしいほど鈍く、重い。

背中に感じる拓海の手の感触。そこから流れ込むように何かが流れ込んでくる感覚がある。

表面へのダメージではなく内部に直接ダメージを与えるスキルを拓海は発動させているのだろう。

無防備な相手への攻撃ならもっと派手でダメージを与えられるスキルがあっただろうに……。

万が一を考え、確実にダメージを与えられるスキル選択する辺りが拓海らしいと言えば拓海らしいが。

「──飯村さん！　血がっ！」

口から零《こぼ》れた血がクロの頬に垂れた。

クロの泣き顔……。俺はそんなクロの涙を震える手で拭《ふ》き取り、無理矢理笑った。

「大丈夫、だ」

「お前……。な、んで……。う、うぐあああああっ！」

拓海は俺が倒れていないことに疑問を浮かべながら背中に当てていた手を離す。

そんな拓海と向き合うために俺はクロから手を離して急いで振り返った。

すると振り上げられた拓海の手が再び俺を襲う。

だが俺が倒れなかったという誤算が拓海の気持ちを焦らせたのか、攻撃は単調。

その手首を掴んでスキルが発動される前に攻撃を止めるのは容易《たやす》かった。

「なっ！」

「弱くなったな、拓海。いや……俺が強くなったのか」

「う、かず、一、也ぁあああああああああっ！　——うぐっ！」

叫び声を上げた拓海の腹に俺は蹴りを喰らわせると、うつ伏せ状態になった拓海の上に乗った。

そして、両手が空いた状態を作ると俺は大量の魔力を消費して魔力矢と魔弓を発現。

ほぼゼロ距離で俺は拓海の中に巣食うパラサイトワームを射殺、そして大量の卵が孵化するのを待ち、またそれを射殺。

拓海に巣食う異物を全て消し去るために俺は時間をかけて弓を引く。

膨れたり縮んだりする拓海の身体には相当な負担がかかっているだろうが、助けてやるにはこれしかない。

『レベルが215に上がりました。ステータスポイントを10獲得しました』

『レベルが220に上がりました。ステータスポイントを10獲得しました』

『レベルが223に上がりました。ステータスポイントを6獲得しました』

『レベルが226に上がりました。ステータスポイントを6獲得しました』

『レベルが229に上がりました。ステータスポイントを6獲得しました』

『レベルが231に上がりました。ステータスポイントを4獲得しました』

『レベルが233に上がりました。ステータスポイントを4獲得しました』

『レベルが235に上がりました。ステータスポイントを4獲得しました』

『レベルが237に上がりました。ステータスポイントを4獲得しました』

『レベルが239に上がりました。ステータスポイントを4獲得しました』

『レベルが240に上がりました。ステータスポイントを2獲得しました。スキル：転移弓が強化されました』


「――はぁはぁ……。やっと、終わったか？」

レベルが260を超えるまで弓を引き続けると、ついに拓海の身体が膨らまなくなった。

「――う、あ……。一、也」

「拓海、正気に戻ったか」

目の色が元に戻り、拓海は俺の名前を呟いた。

俺は拓海が正常に戻ったと判断すると馬乗りを止め、そっと拓海から距離をとる。

「まさか、お前に助けられるとはな……」

「拓海、身体は大丈夫か？　というかその言い方……。もしかして寄生されていた時も意識が――」

「朱音が悲しむという言葉を聞いてからは割と鮮明だった。ただ身体の制御はまるでできていなかった……。一也、お前の言うとおりだ。俺は弱い。それで……お前は強くなった」

解放された拓海から漏れた言葉につい胸が熱くなる。

まさか拓海にこんな言葉を投げてもらえる日が来るなんて。

「それにしても拓海にパラサイトワームを寄生させるほどのモンスターって一体……」

「別に強いわけじゃなかった。ただあの部屋にはパラサイトワームが大量に……。それでも、いつもならいなせない数じゃないいんだが……。ちょっと隙を突かれてな。あいつはモンスターを、パラサイトワームを操作するために記憶を覗き、干渉できるんだ」

「記憶を覗いて干渉？」

「ああ。元々二十階層で湧いたボス、『イビルワーム』に生殖行動は見られなかった。しかしこの異変で現れたモンスターがイビルワームを操作。自分と交配を行うことでイビルワームに交配種となるパラサイトワームを産ませた。そんなパラサイトワームたちもその記憶への干渉によって支配。俺が寄生されたことで俺の力がパラサイトワームに扱われ、ヘルマンティスを用いた卵の生産が開始、結果各階層にパラサイトワームをばら撒く事態になって……。この状況を作ってしまったのは俺になるんだ……」

「そうか……。だが、そんなスキルはだれも聞いたことがないはず。拓海がやられようがやられまいが、結局はこうなってたはずだ」

「……。ふっ。会う度きつい言葉を投げていた相手をそうやってフォローするなんて、お前のそういう甘いところはいつか自分の足を引っ張ることになるぞ」

拓海は一瞬顔を緩めると、照れ隠しをするようにまた忠告をくれる。

俺からすると甘いのは拓海のほうに思えるんだけどな。

「それでその記憶に干渉してやりたい放題のモンスターっていうのはどうやって記憶に干渉するんだ？」

「一也、あのモンスターに挑むつもりか？　お前が強くなったことは今の戦いで分かった。だがそれでもあれはレベル200オーバーの探索者が複数人必要な――」

「さっきので俺のレベルは260になった。それでも拓海、お前は俺を止めるっていうのか？」

「260！　そんな、嘘だろ。……。そういえば俺が意識を朦朧《もうろう》とさせている時のあの赤い光、それに俺の水スキルと同じように体内に攻撃、干渉できるような見たことのないスキルの数々。思い返せば全部低レベルでできることじゃない、か。それに一也が嘘をつくとも思えない。それでも……」

身体内部に干渉できるほどの水スキルの練度……。それに移動させていた卵の色。孵化のタイミングは拓海だから操作できた、だからこそヘルマンティスに利用され……寄生されていながらに複数の探索者と接点を持ち、他の探索者の身体からパラサイトワームを抜き出して体内に留めるなんていう荒業を実行できた。

そしてそれを実行できた理由がもう一つ、それは拓海の他人を思いやる気持ち。

それでも……ってそんな風貌で優しすぎるだろう。

「えっと、どうせならそちらの人、拓海様に今の飯村さんの強さを見せてあげたらどうでしょうか？もちろん、その身体がもう少し癒《い》えたらですけど」

「君は……」

「初めまして、私はクロといいます。このダンジョンの異常を正常化するために人間をサポートする存在です。ちなみに今は飯村さんの家──」

「クロ、悪いが倒れている探索者たちをかき集めてくれるか？　このダメージだと動くのはまだ辛《つら》い」

「え？　あっ！　そ、そうですね！　あのままだと危ないですもんね！　ちょっと行ってきます！」

クロは同居を秘密にするという約束を思い出したのか、倒れている探索者のもとに焦って走り出してくれた。

戦闘時は真面目でしっかりしているイメージがあるが、ふと気が抜けるとどこか幼さを感じるというか、天然が出てしまうというか……。

そんなクロを見ていると、親心に近い感覚がどうしても生まれてしまう。

これからも注意してみてやらないといけないな。

「──朱音と違うタイプだがいい子だな。一也、お前あの子、クロちゃんとお似合いだぞ」

しばらくの沈黙の後、拓海はそろそろ探索者を集め終わりそうなクロを見ながら意外なことを呟いた。

「拓海、お前でも冗談を言うんだな」

「冗談、か。クロちゃん『も』お前と一緒だと辛い思いをしそうだな」

「ん？　それってどういうことだ？」

「……。いや、なんでもない」

拓海は呆れ顔で俺を見ると、そっと体を起き上がらせ胡坐《あぐら》をかく。

他の探索者よりも反動は大きいだろうに、意識を失わないどころか、もう身体を動かすことができるのは流石としか言いようがない。

「よっと。それであのモンスターが記憶に干渉する方法なんだが、それは――」

「ただいま戻りました！　それで、その方法の説明をどうせなら映像と一緒に解説してください」

探索者をかき集めて戻ってきたクロは拓海の話を遮って自分の足元付近に映像を映した。

「あれが問題のモンスターですね。あれ？　もしかしてあのモンスター私に気づいて――」

「まずい！」

映像を覗き込んだクロのその発言を聞くと、拓海は慌ててクロの目を両手で塞いだ。

「う、うぅぅぅぅぅ……。あ、あああああああああああああ！」

「クロ！　拓海！　クロは、クロは大丈夫なのか？」

「……。あのモンスターと目を合わせると記憶の一端を覗かれる。そこから記憶の扉をこじ開けられればあっという間に記憶を操作されて……。クロちゃんに耐性があるかどうかでその操作時間は決まるが、この様子だと最悪戻ってこれないこともあるかもしれない」

拓海に目を覆われながら手足をじたばたとさせるクロ。さっきまでの緩んだ空気が一変。まさかこんな地獄のような事態になるなんて……。

「くそっ！　それにしてもこっちが見ていたことにどうやって気づいたんだ。もしかして俺みたいに視線で……」

「いや、きっと魔力を察知したんだと思う。魔力の察知が苦手な俺ですらクロちゃんから高い魔力の気配を感じることができた。魔力に敏感な奴らからしたらこのスキル越しでも十分気づけるレベルだったんだろう。それと一度、いや『何度か似たようなことをされた』という経験があれば、奴は警戒心が高まり、普段は気づけないようなものまで気づけるようになるかもな」

一度似たような経験。そういえばクロは一度ボス階層の様子を見たことがあった……。

くそ！ まさかあの程度のことが今みたいな事態を引き起こすなんて。

「拓海！ このスキルを解く方法は時間経過以外にないのか？」

「俺もつい先日までこんなスキルは聞き覚えがなかったからな。ただ使用者が倒れれば普通は――」

「だったら急いで下に――」

「うぐぁぁあああああああああっ！」

「ぐっ！」

拓海に捕まっていたクロは、弱っている拓海の顎《あご》に雄叫びを上げながら頭突きを喰らわせた。

そして拓海の手から解放されたクロは、俺たちから距離を取ると頭を押さえながら唸《うな》った。何かと戦っているようなその表情は俺の知っているクロとは別人。

「私は、私は……。今度こそ、今度こそっ！ そのために、殺す。殺して私も死ぬ。そうすれば、そうすれば、それが正解なんだ」

どんな風に記憶を干渉されているのかは分からないが、物騒な言葉を呟き始めたクロ。

言葉とは裏腹にこちらに対して攻撃するような素振りを見せないのは、このスキルが相手の行動を完全に攻撃に転じさせるほどの強い干渉力、操作力を有していないからなのだろうか？

なんにしても今が移動のチャンス。だが、こんな状態のクロと弱ったままの拓海を残して下に向かうのは不安すぎるな……。

「……遠くから二十階層の統括モンスターを倒せればいいんだが、そんなのは不可能――。いや、そういえば転移弓が強化されて……。――転移弓、魔力消費30！」

俺は戦闘を終えしばらく経ったことで、いつの間にか消えていた転移弓を再び発現させると一つの可能性を信じて設定画面を開いた。

ターゲット設定
現在自動選択
飛攻撃スイッチ【ON】
■手動選択
・クロ
・拓海
・パラサイトワーム
・イビルワーム
・ダークネスキャタピラー
■選択なし

二十階層のボスモンスターであるイビルワームの名前、それに『ダークネスキャタピラー』という見たことのない名前がそこにはあった。

おそらくこいつが十一階層から二十階層を統括するモンスターの名前なのだろう。だとすれば……。

「統括モンスターもこの場所での攻撃対象ってことだよな……」

俺はダークネスキャタピラーの文字をタップして選択すると設定を完了させた。

そしてクロがあんな状態になったにも拘らず、残り続けている映像に視線を落とし、ダークキャタピラーを狙って祈るように弓を引いた。

すると眼前に黒い穴が出現。そこを目がけて矢は飛んでいった。

俺は無事にスキルが発動されていることを確認すると、次々に矢を撃ち込む。

「一也、いくら動揺してるからってそれは……。そんなことをするよりもクロちゃんに声をかけてあげてやったほうがいいんじゃないか？　俺の時は微かだが周りの音は聞こえていたからな」

「それでクロを救ってやれるならするが……。そうじゃないなら可能性のあるほうに懸けるのが普通だろ」

「俺からすれば今撃ってる矢でこの状況をひっくり返すほうが無理に感じるが――。ってこれ……」

「距離があったからラグがあったみたいだが……。届いた。俺の攻撃が」

弓を引いて少し時間が空くと、映像に俺が放った魔力矢が映し出された。

やはり、転移弓は強化されたことで別の階層にまで届くようになっていたらしい。

ただその勢いは自分のいる階層で放った時よりもしょぼく見える。

まだ検証はできていないが、自分のいる階層と対象の階層があまりに離れすぎていると、その分攻撃の質が落ち、それが限界に達すると最後には攻撃が反映されなくなるのだろう。

今いる階層でこの攻撃の反映レベルであれば、十階層以上離れた場合、一応スキルは発動された判定になるかもしれないが、攻撃の反映はゼロ。悪戯《いたずら》に魔力を失うといった事態になる可能性が高い。

「ぎぎゃあああああああああああっ！」

「本当に当たった……」

二十階層に現れた魔力矢はダークネスキャタピラーの下半身を捉えた。

しかし魔力矢の威力はやはり下がっているのか、それとも相手がダメージ軽減スキルを使っているのか、一発で仕留められず、ダークネスキャタピラーは倒れてくれない。

「ぎ、ぎぎぎぃ……」

そんなダークネスキャタピラーは攻撃の出どころを確かめるべく辺りを見回したが、それが分からなかったようで一度イビルワームの背後に隠れた。だが転移弓による攻撃はそんなことで避けられはしない。

俺が続けて魔力矢を放つと、それはダークネスキャタピラーを目指してどこまでも追いかける。

複数の脚、背中、下顎《したあご》、触角、各部位にヒットした俺の魔力矢はことごとくそれらを爆散させ、ついにダークネスキャタピラーは動きを止めた。

それを心配するようにイビルワームがダークネスキャタピラーに寄り添う姿は、モンスター同士でも交配をした仲であれば絆が生まれるのだろうと勝手に想起させる。

「だからって手を止める気はないけどな。──ってなんだよ、それ」

「ぎぎぃぃいいっ！」

──べり、ぐちゅ、ぎちゅ、ぺちょ……ごくん。

唐突に魔力矢に襲われるダークネスキャタピラーが、そんな好意を裏切るかのようにイビルワームの身体を食い始めた。

そしてダークネスキャタピラーの腹はあっという間に膨れ、そんな自分の身体に糸を巻きはじめる。

「これは繭《まゆ》。ということは……」

「進化だな。そのためにイビルワームを食って自分のレベルを上げたんだろう。パラサイトワームを生産できる環境を失ってまで進化をするメリットがこいつにはある……。何とか進化を阻止しないとまずいぞ」

「ああ。分かってる。分かってるが……」

俺は拓海のその言葉に急かされるように弓を引く。だがいつもより威力が低い俺の魔力矢はダークネスキャタピラーの繭をなかなか突破できない。

繭の内にいる本体に直接魔力矢を当てられればいいのだが、繭自体がダークネスキャタピラーという判定になってしまっているようで、体内に寄生するパラサイトワームの時みたいに上手くはいかない。

「──きゅああああぁぁあぁああっ！」

「もう出てきたか」

しばらくして身体にドロッとした体液を纏わせ、姿を変えたダークネスワームが繭の中から飛び出した。

俺は進化したダークネスキャタピラーをターゲットにするため、設定画面からそのモンスターの名前を確認した。

「――『厄憶蝶《やくおくちょう》』か」

「一也、手を止めるな！　こいつ何かするつもりだぞ！」

俺が焦りの色を見せる拓海に声をかけられ、再び弓を引く準備を整えると、厄憶蝶はその羽を広げ白い鱗粉《りんぷん》をまき散らし、それを階段の上部に流れ込ませるように羽を使って風を起こした。

「まさかあれ、ここまで来ないよな？」

「アクアウォール【ドーム】」

白い鱗粉が凄まじい速さで階段を駆け上がる映像が俺たちの目に飛び込む。

そして拓海は万が一それがこの階層に蔓延した時を考えてか、防御スキルを広い範囲に展開した。

「周りは俺がなんとかする！　一也は攻撃に徹しろ！」

「分かった。だがその身体……。あんまり無理はするなよ」

俺は鬼気迫る表情の拓海の言うとおり転移弓で魔力矢を二十階層へと送り込む。

厄憶蝶はそんな俺の攻撃を身軽になった体で避けながらも、鱗粉を上層へ送り続ける。

「――ちっ！　もう少し魔力矢にスピードがないと……」

魔力矢を避けられ続けてフラストレーションが……。頬の裏側を奥歯で噛みしめすぎて血の味が滲んできた。

「落ち着け。映像を見る限りこっちがまだまだ優勢。とにかく手を休め――」

「拓海？」

「どうやら鱗粉の効果がこの階層に現れ始めたみたいだ」

拓海の視線の先には寄生先のモンスターを食ったパラサイトワームたちの大群の姿があった。

だが、それらの身体は既にボロボロ。

モンスターがイレギュラーを除いて他の階層に移動しないのは、なぜか階段を上ろうとするとダメージを負うから。

しかもダメージは階段を抜けても継続され、すぐにＨＰがゼロになる。

これは以前モンスターを地上に連れ出そうとした探索者の体験談から判明しており、その際モンスターに回復スキルを試したが効果は反映されなかったという。

そのことを生存本能として理解しているモンスターたちを統括モンスターがそれぞれのやり方で地上に送りこもうとしているわけだが……。

「鱗粉を使ってパラサイトワームたちを無理矢理移動させてるっぽいな。仲間意識とかそんなものは厄憶蝶にはないのか？」

「イビルワームを食ったところを見る限りないと思う。そんなことよりも今は自分を殺そうとする何者かをなんとしてでも処理しようと必死。経験上卵を産み出せるまでに育ったパラサイトワームは貴重なはずだが、それでも俺たちのもとに少しでも卵を、新しいパラサイトワームを送り込もうって腹だろ」

「卵か……」

ボロボロな身体のモンスターたちは俺たちの姿を見つけると、残りの命を使い果たすように絶叫。その口から卵を産む個体、自分の腹を自分で破り卵を取り出す個体、各々がどんな方法でもいいから卵をこの場に残そうとする。

そうして次々に生まれるパラサイトワームたち。そしてこの階層にも舞い出す鱗粉。

俺たちの周りは次第にパラサイトワームと鱗粉で満たされていく。

「くそっ！　一回狙いをこの階層のモンスターたちに切り替えて――」

「駄目だ。守ってばかりいれば状況は好転しない。まずは根本の解決が最優先だ」

「だが……」

鱗粉は今いる階層を通り過ぎて更に上層に流れていく。このままだと上の階層からも同じように……。

「――『アクアバレット【拡散型】』」

拓海が右手で銃の形を作ると、俺たちを守ってくれている防御壁から拳くらいの大きさで水の弾丸が放たれた。

そしてその弾丸は一匹のパラサイトワームの前で拡散。一度に数十匹のパラサイトワームの身体を貫いた。

「俺は弱い。だが、一也に心配されるほど弱くもない」

「……そっか。そうだよな」

俺は拓海のその言葉に頼もしさを感じて、改めて弓を引いた。

すると……。

「――きゅあぁっぁあああああああああっ！」

「よしっ！」

大量に送り込んでいた魔力矢が厄憶蝶の進路を偶然阻害、そのまま新しく送り込んだ魔力矢が触角に命中した。

拓海がいなければ命中するまでもっと時間がかかっていたはず……。たまには共闘も悪くないのかもな。

「この調子でもう一発――。んぐっ！」

俺は一撃当てた喜びで声を上げると更に弓を引こうとした。

しかし
「――殺、す……」

記憶を干渉され動けなくなっていたクロが唐突に俺の口と鼻を両手で押さえた。

「ん、ぐ、ぅぅぅっ！」

「一也っ！」

「殺、す。それで、私も……。これでいい。これがいい」

訳の分からないことを口にしながらクロは確実に俺を殺そうと力を込める。

そんな俺に視線を向ける拓海だが、防御スキルを発動させながら外にいるモンスターの相手をしているため、その場から動けない様子。まずい。まさかこんな形で窮地に立たされるなんて……。

「ぐぅぅぅぅうううううっ！」

「暴れると余計に痛い、です。痛い、よ。一、也さん」

ここは自分だけで解決しなければならないと察し、身体を無茶苦茶に動かすがそれでもクロの手は外れてくれない。

クロってここまで力があったのか？　こうなればクロ自身を攻撃するか？　だが確かクロは耐久力に関しては自信があるって言ってたような気が……。

とにかく、攻撃をするならターゲットを切り替えておかないと……。

ターゲット設定
現在自動選択
飛攻撃スイッチ【ON】
■手動選択
・クロ●●
・拓海
・パラサイトワーム
・イビルワーム

・厄憶蝶
■選択なし

クロを攻撃しようかと頭を悩ませながら俺はターゲット設定を開いた。

クロの名前に変化が見られるが、これは……。

「――一、也さ――。飯村、さん。ごめんな、さい」

いつもの呼び方に戻るクロ。その手は震え、クロが自分の中で何かと葛藤しているのが見てとれた。

こんな状態のクロを攻撃なんて……俺にはできない。

……。ならば息が続くうちに厄憶蝶を殺すしかないな。

『魔力弓再具現化、魔力消費１００。転移弓、発現』

確か強化された魔力弓は消費魔力に対して攻撃のバフがかかるとクロがいっていたはず。

その効果と転移弓の効果が重複する可能性に懸けて、俺はクロに拘束されながら厄憶蝶を対象に弓を引いた。

「――！」

「――いっ、てぇ」

大量の魔力を消費したからか、それとも魔力弓が当初よりも強化されているからか、今までとは比にならないほどの勢いで魔力矢は飛び出した。そしてその反動でクロごと俺の身体は吹っ飛ぶ。

腕には痺《しび》れを感じる。まさか魔力弓にこんなデメリットが存在するなんて……。

「つっ……」

腕の痺れはなかなか引かず、すぐに二射目を放つのは難しい状況。俺はそのことを察すると、そのまま腕を地面につけ、回復を図る。

今この瞬間俺にできるのはもう祈るだけ――。

『レベルが265に上がりました。ステータスポイントを10獲得しました』

「視界が……」

レベルアップのアナウンスと共に晴れる視界、身体を巡る新鮮な空気、どうやら俺の放った矢が厄憶蝶を捉え、殺してくれたらしい。いつの間にかクロの力が弱まり、拘束が解けているが、それもそのお蔭だろう。

「危機一髪だったな……」

「――あ、あれ私……。そ、そうだ！　その、ごめんなさい。私、また思い出せなくなってしまったんですけど、この手が一也さんを襲ったことは覚えてて……」

「悪いのはモンスターだ。気にするな。それよりその、一也さんって……。クロ、お前やっぱりまだ……」

「え？　私今飯村さんって言いませんでした？　あれ？　何か違和感が……」

「……。なら、一也さんでいい。なんなら呼び捨てでも構わない。年齢にそこまで差はないはずだろうから」

「おい一也！　そっちの仕事が済んだなら今度は周りの奴らをどうにかする手伝いをしてくれ――」

『ダンジョン十一階層から二十階層までを統括するモンスターを討伐しました。十一階層から二十階層までのモンスターは全て正常な状態で出現するようになりました。二十一階層から三十階層のモンスターを統括するモンスターが出現。二十階層の下り階段を利用可能にしました。サポーターとの親密度が上昇しました。サポーターの力が一部解放されます』

ダンジョンの正常化を知らせるアナウンスが頭の中に流れた。

それを聞いたクロは曇った表情から一変、ぱあっと明るくなる。

「や、やりましたね、一也さん！」

「ああ。だが、親密度って……」

「いいから、お前らは目の前のモンスターたちに目を向けてくれ！　鱗粉は消えたが、孵化したパラサイトワームはまだまだいるんだぞ！」

「すまん。だがもうパラサイトワームは、他の階層からこの階層に移動してはいない……。つまりこいつらを排除するだけで安全。腕は……。大分いいか」

「その余裕、この状況を打破する自信があるみたいだが、この数はアダマンタイトクラスの探索者でも骨が折れるぞ」

「……。防御壁があるなら……。変換吸収の矢を使わないって方法でいくか。爆散したであろう厄憶蝶の肉片分の魔力もそろそろこっちまで届くだろうし……。魔力を回復するより攻撃重視だ」

俺は久々に変換吸収の矢を解除して通常の魔力矢を準備すると、転移弓を用いてパラサイトワームに向けてそれを放った。

防御スキルに触れることなく攻撃できるのもこの転移弓のいいところだな。

――ドパッッン！

「……。これだけでも、威力が下がっていないなら十分すぎる」

分裂した魔力矢の一つが一匹のパラサイトワームに当たった。

新しく生み出した魔力矢に使った魔力30。それは今まで以上の轟音を奏で、更にパラサイトワームの身体をこれでもかと細かく散らし、飛ばした。

ステータスポイントボーナスにより、強化された会心の一撃による追加効果で広がる衝撃波も、魔力矢に込めた魔力分ダメージが乗り、衝撃波を受けた連中も今まで以上に派手に散る。

「な、なんだよ、これ……」

拓海がそう呟くのは仕方がないことだ。

――分裂の効果があるとはいえ。俺が放ったのはたった一矢。

それなのにこの階層を埋め尽くそうとするパラサイトワームたちは一瞬で全て絶命してしまったのだから。

「一也さん、他の階層にはまだパラサイトワームが蔓延ってます。それも一気に片づけちゃいましょう！　今から映像を出しますね！　それとここの魔石の回収は私に任せてください！　これまでの失態の分、私、頑張ります！」

クロは自信有りげに新たに映像を映し出す。

その数は全部で10。しかも全てしっかりとパラサイトワームを捉えている。

一部力の解放がされたというのはこのことなのだろう。

「十階層分全て表示されてます！　今の私は正常化されてる階層内なら際限なく映像を出せますよ！」

「凄いな……」

「へへ……。後はお願いします！」

「了解した」

俺は転移弓を使って各階層に魔力矢を放った。

30消費とはいえ、魔力弓による反動は多少ある。だが、拓海の防御スキルがクッションになり、なんとか連続で放てる。

「は、はは……。俺がクッション役にしかならないのかよ」

各階層で豪快に弾け飛ぶパラサイトワームに乾いた笑いを溢す拓海。

その笑いが聞こえなくなるころにはターゲットの設定からパラサイトワームの文字は消え、俺は今いる分のパラサイトワームはこれで全て処理できたと判断した。

一応卵として生き残っている個体がまだいる可能性はあるから、十一階層から二十階層のパラサイトワーム生存個体調査探索をレベルの高い探索者のみで行ったほうがいいと江崎さんに進言しておこう。

「ふう。何はともあれこれで一段落だな」

「――『マグネットフォース【魔石】』」

俺がスキルを解除してふっと息をつくころ、クロが唐突に見たことのないスキルを発動させた。

すると辺りに散らばる魔石が一箇所に集まり、一つの塊へと姿を変える。

【極大】、いやこれはその三倍くらいの大きさはあるか。

「——はぁはぁはぁ……。ふぅ、疲れました」

「ああ、お疲れ様。体に異常はないか？　記憶に干渉された後遺症とか」

「大丈夫です。その時は凄く苦しかったですけど……。あ、でも、これが身体の異常って言っていいのか分からないんですけど——」

——ぐぅぅぅぅ。

「……。またかクロ」

「——いや、今のは俺だ。そんなでかい魔石を拾ったんだ、今日くらい奢ってくれるんだろう？」

「助けてやったくせに……。まぁ、断る理由もないか」

「ふふ、そうしたらすぐにワープゲートを出します。力が解放されたからか、すぐに出せますよ。

あーお腹空《す》いたぁ！」

緊迫した空気から一転、俺たちはそれぞれ顔を見合わせて笑みを溢した。

五

——そしてそれから間もなく、クロが出現させたワープゲートを用いて一階層に移動、するとそこで大規模な運搬作業が開始、瞬く間に探索者たちが外へと担がれていき……。

「――これで最後ね？　はぁ……。念には念を、でプラチナランクの探索者を遣わしたっていうのに全滅なんて想像もしてなかったわ」

「――担架を急げっ！　外傷は見られないが、全員意識不明！　一分一秒でも遅れればどんな後遺症が残るかわからないぞ！」

ダンジョンの出入り口で待っていた医療班の人たちが最後の探索者を運んでいった。

その姿勢こそ素晴らしいが、医療班の人たちは戦闘に関してはまるで向いておらず、決してダンジョンに入り込めない。

だから仕方なくこの人も来てくれたんだが……。

「戦闘が可能な人間でダンジョンから運び出すのはしょうがないけど、私まで駆り出されるなんて……。あー、古傷が開いてきたかも。ねぇ飯村君、ちょっとここ擦《さす》ってくれない？」

「江崎さん、またそうやって……」

ぼやく上に、セクハラまがいなことを要求する江崎さん。こっちはこっちで疲れてるんだが……。

まぁ、まだまだ探索者が戻ってきていない状況で、わざわざ探索者たちをダンジョンから地上に運ぶ手伝いをしてくれたのは本当にありがたいことだよな。

「それなら私がリジェネをかけてあげますよ！　だから一也さんはお友達と休んでてください！」

「別に俺と拓海はお友達じゃ――」

「休んでてください！」

「はい」

なぜか怒ったような口調のクロ。

そんなクロのスキル『ワープゲート』は強化こそされたが、それは階段の位置を把握できなくても、今解放されている階層なら移動できるというレベルで、外と内をデメリットなし、条件なしで自由に移動できるわけではない。

だから俺たちのいた階層と一階層までを繋げ、江崎さんには一度俺たちのいた階層まで来てもらうと、そこから地上まで運ぶのを手伝ってもらったってわけだ。

女性に手伝ってもらうにはかなり力のいる内容ではあったものの、江崎さんはこうして冗談を言う余裕もあれば、運搬中は嫌がる様子もなく率先して手伝ってくれた。

怪我さえなければ本当に探索者が天職の人なんだろうな。

「リジェネありがとうね、クロちゃん。それじゃあそろそろ十一階層から二十階層までの探索内容の報告を二人に聞いてもいいかしら？」

「俺は構いませんが……。拓海は大丈夫か？　体調が悪いなら無理しないで帰ってもいいぞ」

「俺も大丈夫だ。クロちゃんのリジェネで身体も楽になっている」

「そう。助かるわ」

一度会っているとはいえ、江崎さんのクロに対する接し方は流石年の功といったところか。

拓海の体調も大丈夫そうで報告自体は問題ないのだが、如何《いかん》せん今回は遠距離で統括するモンスターを討伐しているため、その証拠がないのが心配の種だ。

「まずは統括モンスターの討伐、これはもう済んでるってことでいい？」

「はい。かなり苦労しましたが、クロと拓海のサポートがあったのでなんとか」

「そっか。証拠、その時の魔石とかってある？」

「それがその……。ちょっと倒した方法が特殊で……」

「やっぱりねぇ。遠目からでもその魔石が統括モンスターを倒して手に入れたものじゃないっていうのは分かってたのよ。まぁそれだけのものを買い取れること自体は、私たち的に給料アップ。夕飯のおかずが一品増えて嬉しいんだけどね」

俺が右脇に抱えていた魔石を見ながら江崎さんはふっと息を吐いた。

「証言者による証明は報告者を除く三人以上が必要だからクロちゃんと拓海君だけじゃ足りな――」

「統括モンスターの魔石なら私が映像を出せますよ！」

ここぞとばかりにクロが胸を張って食い気味に話に割って入ってきた。

「――ほらほら、見てください！これが二十階層で、視点もこうやって動かせるんですよ！」

「へぇ凄いじゃない！　それで魔石は――」

誰かが返事をする暇もなくクロは二十階層の映像を映し出した。

江崎さんは子供を誉める時のようにそんなクロの頭を撫で、映像を眺めた。

すると突如和気あいあいとした空気が消えた。

……。もしかしてまだ統括モンスターが残っていたとか？

「いや、そんなはずはな――」

俺も江崎さんに続いて映像を覗き込む。するとそこには厄憶蝶がドロップさせたであろう巨大な魔石と、それに絡まる大木が映し出されていた。それは階段の奥から伸び、完全に階段を塞いでしまっている。

「これは、ヴァンパイアツリー？　いや、それにしては色合いが違うような……」

俺たちの様子に異変を感じたのか、拓海も映像を覗き込む。

しかしその正体が分からず、拓海は首を傾げた。

「アダマンタイトクラスの探索者でも分からないとなると、二十一階層から三十階層を統括するモンスターかしら？　でもまさか二十階層にまでなんて……」

「……。ターゲット設定では名前の表記なし。ヒューマンスライムの件から考えるときっと原因である本体はまた別にいるんでしょう」

金色の管、ヒューマンスライムの腕は他の階層を移動することができた。

おそらくはこれもその一種。ただパッと見た感じでは、魔石から魔力を吸収しているだけのようだし、あの時よりも脅威は感じられない。

まぁ階段を利用できなくされたのはまずいが。

「とりあえず階段だけ利用できるように今あれを吹っ飛ばします」

「え？　そんなこと可能なの？」

俺は映像を見ると江崎さんの言葉を無視して二十階層に向けて弓を引いた。

矢の到達にラグが起きてしまうのはどうしてもカッコつかないが、こればっかりはどうしようもない。

――パンッ！

「本当に届いた……。でもこのモンスター……。いくらなんでも硬すぎるわね」

「会心の一撃は防御力を貫通するはずなんですけど……」

確かに届いた矢からは会心のエフェクトが現れた。

それなのに木は少し揺れ、木の葉を落とすだけ。

「もう一回――」

「『ノスタルジアの木』。あれは耐久力、物理攻撃耐性が高いです。一也さんのような物理攻撃は完全に――。……。痛っ」

「大丈夫か、クロ」

いつものクロの頭痛。

『ノスタルジアの木』。気になる単語ではあるが、これ以上掘り下げるのは不可能か。

それにこの様子だと、あの大木、ノスタルジアの木とクロを近づけるのはまずいかもしれない。

「――クロちゃんはさっきの戦いで魔力を大量に使っている。一也も今回に限っては役立たず。ここは他の探索者に任せて休め」

「拓海、でも――」

「ここまでブロンズランクの探索者におんぶに抱っこ。こう見えて俺は自分自身と他の探索者にはらわたが煮えくりかえってるんだ。……江崎さん、十一階層から二十階層にパラサイトワームというモンスターがまだ蔓延っている可能性があります。だからパラサイトワームとの戦闘経験がある俺が探索者を引き連れて二十階層のあれ、『ノスタルジアの木』の対処に向かいます。明日までに水系、氷系のスキルを持った探索者を集めておいてください」

「別にそれは構わないけど、その身体で明日再探索って……。本当に大丈夫なの？」

「はい。『ライバル』に負けるわけにはいきませんから……。それじゃあ探索者が集まったらメールで連絡をお願いします」

拓海はそう言ってふらふらと体をよろめかせながらその場を去っていった。

……。『ライバル』、か。

「まったく。勝手にあれもこれも決めて……。まぁ嫌いじゃないけどね、ああいう熱い男」

「そうですね。それじゃあ俺たちも一旦帰ります。あ、その前に買い取りだけお願いできますか？」

「勿論よ。それじゃ一件落着ってことで退散。一応十一階層以降はまだ侵入できないようにしておくわ。それで買い取り査定なんだけど……。額が額だから振り込みはちょっと遅れるかもだけど……。いい？」

「構いませんけど……。ってその言い方、もしかしてもう査定終わって——」

「ええ。質は悪そうだけど、大きさだけは立派だから一千万円。用紙にサインだけ貰いたいから窓口に移動させてもらうわよ」

「い、一千万って……」

「あ、あの一也さん、それって凄いんですか？」

「ああ。昨日食べたパフェを朝昼晩一年間毎日食べても余裕の金額だ」

「じゃ、じゃあ、今日はパフェパーティーですか？」

クロはさっきまで頭が痛そうにしていたのが嘘かと思えるくらい目を輝かせる。

甘いものはそこまで得意じゃないんだが……。俺も久しぶりにケーキホール食いでもしてみようかな。

「――パフェパフェ、パッフェパフェパフェパフェ！」

「なんでも買っていいとは言ったが……これ、本当に食べきれるんだよな？」

「食べきれますよ！　それを言うなら一也さんだってそんなにそれ食べきれるんですか？」

「俺には前例がある。むしろ昔より運動量の多い今のほうが食べきれる自信があるぞ」

それから探索者ビルで買い物を済ませた俺たちは自宅に移動していた。

今日は無礼講だ、とお互い好き勝手に欲しいものを買い込み、クロは自作でデカ盛りパフェ、俺はショートケーキ一ホールを用意して向かい合う。

フードバトルが始まりそうな雰囲気に、俺はついつい強気な言葉を選んでしまう。

「――いただきます！」

「いただきます」

クロの嬉しそうな声に合わせて俺も手を合わせると、早速目の前のケーキにフォークを入れ一口。

生クリームが甘すぎず、苺《いちご》は良いものを使っていて甘く瑞々しい。

そう、くどくなく食べやすいからこの量でもペロリ。思っていた時が俺にもあったのだが……。

「――うっ……」

「あれぇ？　一也さん全然減ってなくないですか？　余ってるならちょっと貰っちゃいますよ」

「あ、ああ。好きに食ってくれ」

これが若さ、か。

クロのしたり顔に悔しいと思うよりも先に、自分の老いに若干の寂しさを感じる。

ああ、コーヒーが美味い。

「んんっ！　これも美味しいですね！」

「……。それにしても凄い食欲だな。エルフっていうのはみんな大喰らいなのかね。……あれ、そういえばあのオーラが出てない？」

前回パフェを食べさせてあげた時にクロから発せられていた黒いオーラが今回は見えない。

これも力の解放の一端なのだろうか？

「ん、むむむ、もご、まひょくは、かいふふ、しひぇるんでひゅんですけどね」

「……すまん。今のは俺の独り言だからゆっくり食ってくれ」

「はひ」

魔力の回復自体はある。

ということは変わったのはクロじゃなくて、それが見えなくなった俺？

「……。はぁ、腹が一杯で頭が回らないな。ちょっとテレビでも見るか……」

『――この場所で今朝、探索者でもない一般人が取得したスキルを用いて攻撃。奇跡的に負傷者はいませんでしたが、その跡はとてつもない攻撃だったことを物語っています。現場からは以上です』

『片平アナウンサー、ありがとうございます。続いてはこちら。【新たな遺跡見つかる？】――』

なんとなくつけていたテレビから流れてきたニュース。

一般の人がスキルを使っての事件はこれが初めて。

まさかそんな強力なスキルまで一般の人が扱えるようになるなんて……。

「ん、く……。ダンジョンから漏れる魔力が前よりも空気中に満ちてる気がします。それが原因でスキルを使えるようになる人はこれからもどんどん増えると思います」

「どんどん、か……」

ダンジョンの異変が世の中に変化を与え始めているのはもう誰の目にも明らか。

こうやってダンジョンと地上の差が薄れ、物語に出てくるような世界になってしまうのだろうか。

……。あの黒いオーラが見えなくなったのはもしかするとそっちが影響しているのか？

だとすれば魔力が満ちたこの環境で見えなくなるもの、反対に見えるようになるものもこれから出てくるのかもしれない。

「とにかく正常化を急がないとな。……。あ、クロ。頬にクリームがついてるぞ。拭いてやるからじっとしてろ」

「あ、え、だ、大丈夫です！　これくらい自分で拭きますから！」

「いいからじっとして――」

――コン

俺がクロの頬を拭いてやろうとした時、窓が不自然に鳴った。

何か叩きつけられたような音だったが……。

「ま、まさか泥棒か？」

恐る恐る半開きだったカーテンを開ける。

「──なんでそんなところにいるんだよ……」

すると窓の外には驚く表情の朱音が。

……普通なら見えないはずのものが見えるというのは恐ろしいものだな。

「──あ、朱音さん！」

「ご、ごご、ご機嫌よう、クロちゃん、飯村君」

「はぁ……。どうする朱音。警察まで行くか？　それとも警察に来てもらうか？」

「わ、悪かったとは思ってるわ！　で、でもその前に私の話を聞いてほしいんだけど……。駄目、かしら？」

「駄目って言いたいな。本当に怖い思いをしたから。クロ、俺のスマホを──」

「ご、ごめんなさい！　ごめんなさい！　あ、謝るから警察だけは止めてぇえええええっ！」

「はぁ……。分かった。ちょっと待ってろ」

──ガチャ
俺はため息を漏らしつつも、朱音を招き入れるために玄関の扉を開けた。

「──お、お邪魔しまーす……」

「……。わざわざ家に押しかけるなんてどういう風の吹き回しだ？　小学生以来とかだろ？」

「うん。小五の夏、親が二人共出張で出掛けちゃって……。飯村君のご両親がたまたまご飯に誘ってくれたんだよね」

「そっか、あの時以来か。外ではたまに顔を合わせていたが……。それにしてもその服装はやっぱり……」

「えへへ、に、似合うかな？　実は江崎さんが前は開いていたほうがいいって……」

「そっか。まぁ似合ってるんじゃないか？」

「……。何か適当ね」

「嘘を言ってるわけじゃないんだからこれで満足してく――。その指輪は……」

申し訳なさそうな顔で玄関に現れた朱音はやっぱり着こなし方が大胆な赤ジャージ姿。

改めてそんな朱音の姿に照れてしまったが、見覚えのある指輪を下げたネックレスがそんな感情を吹っ飛ばした。

だってあれは……なんで朱音が持っているんだ？

「ん？　ああこれ、飯村君の家に行くならお母さんが身に着けていくといいって……。あ！　その、えっと、今のはなんでもなくて！　実は探索者ビルに行ってから時間があったから家に帰ってわざわざおしゃれしようなんて――」

「お母さん？」

「あ、えっと、うん。これ、私が気づいた時からずっとお母さんが婚約指輪とは別に着けてて……。

この指輪がどうかしたの？」

「いや、そっか……。多分うちの親も同じところで買ったんだな」

「んぅ……。あ、思い出しました。それ、お仏壇の……」

俺と朱音の会話を聞いていたクロがぼそりと呟いた。

そういえばクロの奴、度々家の中を散策していたっけ。

「仏壇？」

「ああ。父さんが死に際に握っていた指輪が、朱音が今身に着けてる指輪に似ていて……。それが仏壇に、な……。別に大したことじゃないからあんまり気にしないでくれ。それより朱音は何をしに来たんだ？　こんな話がしたくて来たんじゃないだろ？」

「う、うん。えっと……。ふぅ……。飯村君、なんでクロちゃんを自分の家に連れ込んでるのかなぁ？　江崎さんから二人が楽しそうに買い物して同じ方向に帰っていったって聞いて……。まぁ飯村君変なことはしないだろと思ったけど、それでもい・ち・お・う確認しに来てみたら……。ねえちゃんと説明してくれるかな？」

「そ、それは――」

「あ、あの、お、怒らないでください！　ここで暮らしたいって言ったのは私で！　一也さんはそれを許してくれただけですからっ！」

「……。ここで暮らす？　二人で？　それって同居、同棲……」

一変した空気の中クロは俺をフォローしてくれたようだけど、それは逆効果。

朱音は瞬《またた》きもせず固まると口をパクパクと動かし、そっと指輪を下げたネックレスを外した。

俺も朱音もいい歳《とし》で未婚だし、同居とか同棲って言葉に敏感なのは分かる。分かるが……。それでもクロの現れた経緯とかを知っているんだからこうなったってことをなんとか理解してほしい。

もしこのまま『ファースト』の連中に俺がダンジョンで見つけた女を持ち帰って楽しんでるとか、そういうヤバイ噂が探索者の間で広まれば最悪……。

それだけは何としてでも阻止せねば。

「あ、朱音。これには訳があってだな。その、とにかく話したいから玄関じゃなくて中に――」

「酒」

「え？」

「話は酒を飲みながら。クロちゃん、あなたも付き合いなさい。あー緊張解く用に大量に買ってきておいて良かったわ」

朱音は後ろ手に隠していた特大のビニール袋からロング缶のビールを取り出すと、押しつけるように俺とクロに手渡してきた。

そういえば朱音って本音で語るためとかって言ってこうやって人に酒を飲ませるんだっけ……。でもその割に酒癖は最悪で……。

「二人でしっぽり夜を過ごそうなんて……。そんなのさせてあげないんだから！　ん、ぐ、あぐ……。

くっはあああああああ！」

「おいおいおいおいおい玄関で飲むなよ、もう」

辛口
KARA
BEER
生

玄関でビールの缶を開封した朱音はそれを口に押し当て、口の端から少し泡を溢しながらも美味そうにビールを飲み始めた。

……。俺、きっと明日も二日酔いだ。

「――っ、う。やっぱりな……」

翌日。案の定ひどい頭痛で俺は目を覚ました。

「あ、おはようございます一也さ――。い、飯村さん」

「おはよう。……。飯村さん、か。朱音は酔うとあんな感じになるだけで一也さん呼びについて本気で怒ったわけじゃないから……。だからあんまり気にするな。それで呼び方は一也さんでいいから」

「は、はい」

「――う、うぅ……」

「ほら、本人はこんな様子。きっと昨日のことは覚えてすらいないさ。それにもし覚えてても――」

「クロちゃんは、私たちのこと嫌い、なの？　よそよそしいの、嫌……」

「ほら、寝言だけど朱音はこんなこと言っていて……。怒っているようには見えないだろ？　そもそもクロと俺たちの歳は離れてなさそうなんだからもっとフランクで、言われたことも鵜《う》呑《の》みにしなくていい」

怒り上戸ならぬ説教上戸の朱音による地獄のような飲み会から一夜明け、俺は少し痛む頭を押さえながら先に起きていたクロのフォローをした。

朱音はまだ寝ているが、眠りが浅いようで寝言を呟いている。

探索者として仕事をしている時はもっと凛《りん》としていて格好いいのに……。

「じゃあ……。朱音、起きて。……うーんしっくりこない」

「その、別に無理する必要はないから」

「……。うん。じゃあ朱音さんは朱音さんでいつもどおりにするね。あれ？　一也さんとこうして話すのは変じゃない」

俺とは敬語なしでも話しやすい、か。これは俺が一番一緒にいる時間が長いから？

とにかく一緒に暮らす人がずっと敬語だと堅苦しく感じてしまうと思っていたから、俺としてもこれはいい機会になってくれたな。朱音には感謝しないと。

だからといって急に押しかけてきたことも、酒癖が良くないのも勘弁してほしいところではあるが。

『サポーターとの親密度が上昇しました。サポーターによる対象となる人間への更なるバフが可能になりました。反対にサポーターへのバフ付与、一部スキルの貸出も可能になりました』

「親密度の上昇……そういえばあったな」

「この報告、ちょっと恥ずかしい」

今後ダンジョンの正常化に必要な要素の一つなのだろうが、クロとしたら心情を晒《さら》されてる気分なのかもしれない。

あんまりそっちには触れず、とりあえずは新しくできるようになったことだけ確認しようか。

「更なるバフ。これってリジェネ、それに矢による攻撃とか、そういった強化バフもできたっけ？

とにかくそれ以外にも使えるバフが増えたってことだよな？　具体的に何ができるようになったのか

聞いてもいいか？」

「うん！　移動速度アップのスキルが使えるようになって、バフを掛けた対象の取得した経験値を他の人たちにも与えられる『レベルギフト』っていうスキルも使えるようになったの」

「『レベルギフト』か、基本一人の俺にはあんまり意味のないスキルな気が――」

「それ私にかけてもらえる？」

いつの間にか目を覚ましていた朱音がスッと話に入ってきた。

さっきまでの寝姿が嘘みたいにシャキッとした顔つきで、あれだけ飲んだってのに二日酔いもないみたいだ。

寝起きが良いってだけじゃ説明がつかないが、目覚めが悪いよりはずっといい。

「いいですよ！　でも効果時間は決まってるみたいで、二日間だけになりますけど」

「構わないわ。今日から拓海や『ファースト』の仲間と合流してダンジョンに潜るから」

「なるほど、彩佳と淳をこれで元に戻そうってことか」

「それもあるわ。でも、拓海でさえボロボロになった階層を抜けて今後はもっと深い階層に行くんだもの、仲間のレベルアップは必須よ。しばらくは統括モンスターに手を出さずレベル上げね。……。ただ飯村君が手伝ってくれたらあっという間に終わるかも――」

「きょ、今日はクロと東京見物に行くから無理だ。この辺りより都会らしい街並みを見てもらって美味い飯を食って……。と、とにかく今は疲労もあるし親密度を上げに時間を割きたい」

「それってただのデートじゃ――」

「親密度上げだ」

「……」

朱音は俺の言葉を聞くと黙り込み、どこかへ通話する。

もしかしてついて来るつもりか？

「――あ、拓海！　その今日なんだけど私――」

「拓海さん！　朱音さんに経験値を仲間にも分けられるバフをかけたので、止めはできるだけ朱音さんに任せてあげてください！」

『りょ、了解した。……朱音、仲間もちょろちょろ集まりだした。まだ時間はあるが遅刻だけはするなよ。十一階層以降はまだ危険が潜んでる。絶対に一人だけで侵入しないように。それと遅刻だけは絶対にするな――』

「何回も言わなくたって分かってるわよ！」

通話に割り込んだクロによって朱音のズル休みが阻止されたみたいだ。

クロから悪意が感じられないだけあって朱音の奴、文句を言いにくそうだな。

「はぁ。じゃあ私は行くわ。飯村君、クロちゃんに絶対変なことしちゃ駄目だからね」

「分かってる。それより家で支度もあるだろ？　急いだほうがいいぞ」

「朱音さん、また遊ぼう！」

クロの屈託のない笑顔に見送られると、朱音は苦笑いを浮かべて家を後にした。

第三章　友との関係と色欲の階層

「――ごめんなさい。ちょっと立て込んでいてギリギリになっちゃった……。はぁ、本当に大丈夫かしら飯村君……」

「おい朱音、今日の探索は浅い階層だからといっても危険なモンスターがまだ潜んでいる可能性がある。気を抜いていたら足をすくわれるぞ。今回の探索が一人ではあまりにも危険だということをもっと理解してだな――」

　飯村君の家を出て慌てて準備を済ませた後、私は時間ギリギリで探索者ビルに到着。待っていた拓海に軽く謝罪をした。

　すると拓海は電話口で話していた時と同様に一人は危険だからという言葉を使って軽く注意を投げかけてきた。いつもは私の力を信用してくれているのか、浅い層で注意をしてくることなんてほとんどないんだけど、それだけ十階層以降はそれだけ危険なのね。

「――それとどこから聞きつけたのか今日は【ファースト】に所属していない探索者も集まっている。多分、俺たちのおこぼれにあずかるつもりだと思う。鬱陶《うっとう》しいが死なれたら後味が悪い。今回の探索はそのサポートもしてやらないと……」

「だからこれだけの人がいるのね。……。はぁ。初心者もいるのかぁ」

意外な優しさを見せる拓海の視線につられて私も周りを見ると、スポーツの苦手そうな人たちがちらほら。ずっと探索者をしていると、それなりに体つきが良くなるから初心者かどうかはすぐに分かる……。

「──淳、彩佳、私はある程度魔力を温存したいから、悪いけどあっちにいる女の子たちの様子はあなたたちが見ていてくれないかしら？」

「えーっ！」

「前の探索で不甲斐《ふがい》ない結果を出したんだからこれくらいは文句言わないで従わないと、でしょ」

私が淳と彩佳の二人にその初心者たちを任せると、露骨に嫌そうな態度をとる淳を、彩佳が宥《なだ》めてくれた。この二人ってよく口喧嘩《げんか》してるけど、姉弟って感じで意外と仲がいいのよね。

「──ありがとう。それじゃあそろそろ行きましょうか。拓海、先頭はお願い」

「言われなくても」

私は異変後の十一階層以降に踏み入れた経験のある拓海に先頭を任せた。

すると拓海はいきなりそこそこの速さで駆け出して、階段を下り始めた。

いきなりこれって……。拓海、本当に初心者のサポートをする気があるのかしら？

「──『アクアボール』」

そうして一階層へ足を踏み入れると拓海は早速強力なスキルを発動させてスライムたちを蹴散らす、かと思いきや弱いスキル、しかも最小限の威力に絞ったため殺し損ねる。

拓海にしては珍しいわね。いわゆる舐めプってやつかしら？

「朱音、止めはお前がやれ！　クロちゃんのバフがあるだろ？　それで初心者のレベルを上げてやればこっちが気を使ってやる必要もなくなるかもしれない」

「そういえば……。分かったわ、止めは私に任せて！」

拓海のスキルで弱ったスライムを、私は拳で破裂させながら勢いに乗ってグングン進む。

一匹二匹三匹……十匹、二十匹、三十匹、四十匹……。

大量に湧いていたスライム、それにコボルトの討伐数は階段を下る度ガンガン増えていく。

そのお蔭か初心者たちも順調にレベルが上がり、よく戦っているように見える。

「よしよし、初心者の中に怪我人はいなさそうね。でも……なんか減ってない？」

「朱音、もう向こうは大丈夫そうだから俺も前線で戦ってくぜ！」

「お疲れ様。それで淳、初心者の人たち減ってない？」

「ああ。レベルが上がってく度に初心者の間で職業とか強さのマウントの取り合いが始まってさ。意気消沈した奴ら、それと魔石を十分拾い集めた奴らが帰ってったみたいだぜ」

「職業マウント……」

「今思えば弓使いっていう外れ職業でずっと頑張ってた一也は凄かったんだな」

「……そう。飯村君は凄いのよ。この十年間ずっとコツコツ、コツコツ、そんな姿は哀れっていうよりも……。前とは違う良さに感じて……」

「なるほど、それで朱音はずっと一也を贔屓《ひいき》してたのか……。あ！　それはそれとして、ちょっと面白い話なんだけどさ、初心者の中にゲームみたいに上手くいかないって言い出して帰った奴がいたんだよ。いやぁ、マウントとられて悔しいのは分かるけど、ゲームと現実を比べるのは馬鹿だよな」

「んー、でも人にはそれぞれ違う考え方があるから……。とにかく気遣いする必要がなくなったなら全員目の前の敵に集中できるわ。全力で行くわよ！」

私は大きな声で全員を鼓舞すると、さっさと目的を果たすためにスピードを上げて階段を下った。

でもその足取りはどうしても軽くはなってくれない。

だってマウントをとるっていう行為の被害にあうのがどれだけ辛いかは、中学校でいじめを受けていた私にもわかるから。

私には幸いにも飯村君がいた。モンスターと戦う才能があった。

もしそれがなかったら……。

「私も卑屈になって、諦めて……。世の中全部ゲームの世界みたいになれば、なんて思って……。それでもしそれが現実になる可能性があるっていうのなら……」

全力で世界を変えてやろうって行動を起こすかもしれない。

二

「ふわぁぁぁぁぁ。信じられない人の量で目が回っちゃったよぉ」

「俺たちの住む辺りは東京でも庶民的な場所だからな。駅までバスを使う必要があるっていうのは面倒だが、ダンジョンの異変で危険な状態にある今、少し移動が面倒なくらいの場所のほうが人も少なくて事件に巻き込まれる可能性も――」

「わっ、わっ！　あの赤い建物は何？　フリフリのあの服可愛い！　あのおっきな絵、すっごい綺麗！　凄い！　これが『秋葉原《あきはばら》』ってところなんだね！」

俺の言葉は耳に入らない様子のクロ。そう俺が親密度上げに選んだのは、サブカルの聖地秋葉原。新宿の歌舞伎《かぶき》町、横浜《よこはま》の中華街、若者の聖地原宿《はらじゅく》、観光やデートスポットに最適な場所に溢れた関東地方で俺は敢えてここ、秋葉原にクロを連れてきていた。

ここを選んだ理由だが、クロはテレビに凄く興味があるようで、その中でも絵が動くアニメへの興味が高かったから。それにここならエルフ耳をしていてもそういうメイドさんや、ちょっと変わった子だと思われるだけでじろじろ見られることも、声を掛けられることも少ないと思ったから。

それに個人的には秋葉原周辺はラーメン激戦区らしいから、それ目当てでもあるけど。

結局夕方過ぎまで二日酔いのせいで食欲が沸かず、出かけるのもこんな時間に。だがそのお蔭で俺の食欲は回復、しっかりリサーチしてきたつけ麺《めん》屋にクロと行くのが今から楽しみなのだ。ただその前にクロの興味の赴くまま散策も悪くないかな。

「ああ。クロが見てたアニメもスタートしたばかりだから大々的に広告が出てるな。ショップでもアニメのイベントとかフェアが行われてるみたいで……。さ、どこから行こうか？」

「……」

「クロ？」

「何かあの辺、人が多い……。皆何か持ってるけど、何をしてるのかな？」

早速クロが熱い視線を送ったのは家電屋前の広場に集まる人の群れ。そしてその手にある最新のゲーム機。

オフラインでイベントでも行っているのか、それと今もあるのか分からないが……すれ違い通信？でもしているのか……。

「――あっ！　あの、あなたもそれで何かするんですか？」

「え？」

「おいクロ！　あんまり勝手に声をかけると迷惑になるから――」

「だ、大丈夫です。ちょっと驚いたけど。今日はローカル通信を使ってここに来た人限定で公式の運営さんが交換会とか特別クエストの配布をしてて……。だからいつもより人が多いんですよ」

クロが話しかけた眼鏡をかけた女性ははにかみながら説明をしてくれた。

その様子を見たクロは女性に気を許したのか、更に言葉を続ける。

「それってもしかしてこれに関係して――」

「御明察！　今最も盛り上がっているRPG、『ウィザードハンター』。やり込み要素である『極ダンジョンシステム』で少しでも上位に食い込みたくてみんな必死なんですよ」

クロが広告の絵を指差すと女性は意気揚々と話し始め、目を輝かせ始めた。

奇しくもクロが見たアニメもこの『ウィザードハンター』だったため、聞く姿勢は十分だ。

「私、普段外にほとんど出ないんですけど……。上位に入りたいって気持ちがいろいろあって膨らみまくってですね……。今日は思い切ってここまで出てきたんです。これも何かの縁。その、よければ私とフレンド登録してくれませんか？　女性ユーザー同士で楽しめたら絶対楽しいですよ！」

「えっと、でも、私はそれ持ってなくて。やってみたいんですけど……」

「最近はゲーム機も高いですからねえ。私も探索者活動を程々にして、副業のアフィリエイトでいそいそと稼いで買ったものですよ」

「あなた、探索者だったんですか？　あ、すみません、初対面で質問してしまって……」

「こちらの方のお兄さんですか？　全然かまいませんよ。それで、答えは『今日まで探索者だった』です。実は全然駄目で、職業もクリエイターっていう非戦闘系。最初はゲームの世界に飛び込んだみたいでうきうきしてたんですけど……。現実っていうのはやっぱりどこも非情ですね。レベルを上げるのがあんなに苦痛になるなんて。せめてこのゲームの中のキャラクターと同じ戦闘力があれば楽しめただろうになぁ」

たまにいるリアルのダンジョンとゲームのダンジョンをごっちゃにするタイプの人か。

こういった人は軽率に命を落とす可能性が高い。

この人がそこまでとは限らないが、才能がなかったのはむしろ運が良かったかもしれない。

「そ、それでその『ゲーム』というのは面白いんですか？」

「勿論！　良ければ私のゲーム機でちょっとやってみます？」

「いいんですか？　その、一也さん……」

クロの訴えけけてくる視線。

こんな視線を送られたら誰だって甘やかしたくなる。

「なんならクロの分を買ってあげるよ。今は懐に余裕もあるから」

「おっ！　だったら私がいろいろ教えてあげます！　ついて来てください！　ゲーム機選びもそうですけど実は一番重要なのはアクセサリー品で……。あ、そうだ！　自己紹介忘れてました！　私は佐《さ》藤《とう》みなみって言います！」

「えっとこっちはクロ。俺は飯村――」

「飯村さんとクロさん……。もしかして、今ネットを騒がせているあのお二人ですか？　うわあっ！　私今日ついてるかも！　あの、後でサインお願いします！　それでアクセサリー品なんですけど――」

フルスロットルで会話を続ける佐藤さん。

流石のクロもこれには引いているかもしれな――。

「あの、ありがとう」

クロは俺の背中にそっと触れると嬉しそうにお礼をしてくれた。

ゲームを買ってもらえるのが嬉しくてなのか、佐藤さんの様子に引くどころじゃなかったみたいだ。

『サポーターとの親密度が上がりました』

このタイミングで上がる親密度。

目《もく》論《ろ》見《み》どおりで嬉しいんだが、上がる原因が現金すぎないか……。

クロの未来のことも考えて、もっと健全に親密度を上げないと……。って俺いつの間にかクロの保護者みたいになってないか？

――そしてそんな秋葉原でゲームを買ってあげ、親密度が上昇した日から三日間が経過。

「今日も来たのか」

「はい。お邪魔しても良いですか？」

「あっ！　みなみちゃん早く、早く！　今日は素材が集まりきるまで絶対帰さないんだから！　一也さんもハイパーランクまでもう少しだから頑張ろうね！」

拓海たちが『ノスタルジアの木』に予想以上の苦戦を見せている最中、俺たちはのんびりゲーム漬けの日々を送っていた。

あの日、本当はもう少しいろんな所でクロを遊ばせてもっと親密度を上げる予定だったが、佐藤さんのゲームトークとフィギュア散策に付き合い一日が潰れた。

ただ、その中でクロと佐藤さんはこれでもかというくらいの仲まで発展。

佐藤さんは毎日俺の家に通い、遅い時間に帰る。

佐藤さんは大学生らしいが、今年はもう留年確定で、諦めてここに通っているのだとか。

頑張っている拓海や朱音とは裏腹にこんな堕落した生活を送っていると罪悪感が凄い。

「疲労回復用にリジェネも使って……これで準備万端！」

「クロ、それは使い道が違う気が……。あれ？　何かアプデ来てないか？」

意気揚々とゲームを開始しようとするクロたちに合わせて俺もあの日一緒に買ったゲーム機を起動

した。

するとプレイしようとしたオンラインモードはアップデートが必要だったようで、大容量のダウンロードが開始した。

特段通信環境が優れているわけじゃないから結構時間が掛かりそうだ。

「ありゃりゃ、そういえば今日からイベント始まるんだっけ。しばらくは待ちだね」

「はぁ……」

「クロちゃん、そんなに落ち込まないでって！　今日は長いんだから。そうだ！　この間におやつでも買いに行かない？　そういえばクロちゃんの好きなコンビニで新作パフェが出てたよ」

「えっ！　……みなみちゃん、一也さん……。戦の前の補給は重要。すぐに買いに行こう！」

佐藤さんを家に迎え入れる時といい、自分からコンビニに誘うところといい、こっちの世界に順調に染まってきた。

ただ、最近は俺たちの情報が多く出回っているため、外に出ると更に多くの視線を感じるようになった。そのほとんどが物珍しさからくるものなのだが、一部変なもの、観察するようなじっとりしたものも含まれていて……。

「ストーカー……。まさかとは思いたいが……」

「一也さん？　どうかしたの？」

「いや、なんでもない」

俺はクロに不安を感じさせないためにその可能性を敢えて伏せてクロたちとコンビニへ。

道中やはり感じる視線。それらしい人は見当たらないが、どこかに隠れているのか？

とにかく、お目当てのパフェをクロに買ってやると、俺は念のためそれとなく二人を急かそうと早足で自宅まで進もうとする、が……。

「――んーっ！　美味しぃ！」

「そりゃあ良かった、良かった。それにしてもコンビニに行くだけなのについてくるなんて……。過保護ですねえ、飯村さんは」

「クロはネットに顔を晒されてるからな。変な人間が寄ってきてもおかしくない。それにクロには金を持たせてないから俺がいないと買い物ができないんだよ」

コンビニを出るとクロは早速一口、自宅に向かうその脚は遅くなる。

そんな嬉しそうな様子のクロを見ていると、佐藤さんがにやにやしながら茶化してきた。

ちなみに俺みたいな年上に対しても、この人が躊躇いなく言ってくる性格だということをここ数日で理解。だから俺は佐藤さんに対して敬語を使うのを止めた。

「ふーん。でも、こっちでスキルが使える人も増えてますもんね。いやぁ本当に物騒物騒」

「……。そう言う割に嬉しそうじゃないか？」

「え？　そんな風に見えますか？」

「ちょっとだけな」

「まぁ、ちょっとドキドキしてるのは否めませんけど……」

「ドキドキ？」

「はい。地上でスキルが使えたり、モンスターが現れたり……。ファンタジーな世界ってちょっと胸高鳴りますから。まぁ、私は弱弱なので完全にそんな風になったら大変ですけ――」

「――二人共避けて！」

『グラスプロック』

佐藤さんと話していると、クロが唐突に声を上げ、俺たちの足元がぐらぐらと揺れ始めた。

……これは地震じゃない。おそらく少し先に見える地面に手を着けている男性、あの人が原因だろう。

「攻撃スキルをこんな所で、堂々と発動するなんてどうかして――」

「きゃあああああっ！」

俺は危機を察して咄嗟にその場を離れられたが、佐藤さんは揺れに対応することすらできず、その足元から生えた手の形をした岩に捕まった。

『魔力弓、魔力消費10。魔力矢、魔力消費5』

俺はそんな佐藤さんを助けるべく急いで弓を準備すると、岩に弓を向け引いた。

すると岩は大きな音を立てながら簡単に崩れ、落ちてきた佐藤さんをクロがキャッチした。

その隙を狙っていたのか、男性は一気に距離を詰めてその右拳で殴りかかってきた。

弓を使った攻撃は最悪の場合人を殺す。

俺も素手で戦うしかないか……。

「ただ、この身のこなしからして相手は探索者。やれるのか？　弓のない俺で……。いや、やるしかない」

純粋な喧嘩《けんか》に自信はないが、俺は意を決して男性の腹めがけて突っ込んだ。

「――ぐっ！」

自分よりも先に男性の拳が頬にヒット。

痛い、痛いが……。

今の俺なら、二十階層まで正常化させた俺なら……いける。

「凄い。一也さん……。あ、そうだ！　みなみちゃんをこの機会に……『レベルギフト』」

「喰らえっ！」

クロが『レベルギフト』を発動してすぐ、俺の拳は男性の鳩尾を捉えた。

男性の口から吐き出される大量の唾、低い叫び声。

そして、男性の倒れる音と骨の折れる音が辺りに広がった。

男性は完全に沈黙、これで一安心、と言いたかったが……。

「観察されるような変な視線はこいつじゃないのか」

依然として消えない視線。ただ何かしてくる様子はない。……となれば今は無視で問題ないか。

「それにしても他の探索者を一撃で、しかも弓なしで殴り倒せるくらいになるなんて……。我ながら自分の成長が恐ろしい」

『――ボーナス経験値を取得しました。レベルが266に上がりました。ステータスポイントを2獲得しました』

「人間を相手にしても経験値が入るのか……。もしかしてこいつは経験値が欲しくて襲ってきたのか？」

「ううん。そうじゃない、と思います」

俺が襲ってきた男性の脈と呼吸を確認していると、佐藤さんがいつもの陽気な声ではなく、冷静な口調で俺の言葉を否定した。

「前にも言ったと思うんですけど、私はダンジョンを知った時ゲームみたいな世界になったと思ってうきうきしたんですよ。それでその時現実世界全部そうなっちゃえばいいのに、って思ったりもして……。多分この人はあの時の私と同じでダンジョンの異変、つまりはモンスターが蔓延るような世界を望んでるんじゃないですか？　それでその邪魔になるクロちゃんと飯村さんを狙った……」

ダンジョン肯定派。

考えてみればVRゲームやバーチャルタレントなどの非日常を楽しむ人々は日に日に増えている。

そんな時にダンジョンの異変なんてものが起これば、そういう思考に至るのも分からなくはない。

ステータス・スキルが顕現した人たちが増えればこういった行動をとる人間も次第に……。

ひとまずの敵は実はダンジョンを飛び出そうとしているモンスターたちじゃなくて人間なのかもしれない。

「だとしてもスキルを使っていない俺程度にダメージを与えることすらできないようじゃ話にならないけどな」

「そうですね。でもまさか飯村さんがこんなに強いなんて……。私なんてすぐ捕まっちゃったのに」

「大丈夫だよ、みなみちゃん！　さっきの『レベルギフト』で自衛できる程度にはレベル上がったでしょ？」

「ま、まぁレベルは上がったけど……」

そういえば何気なくクロがスキルを使ってたな。

なんというか初めてのちゃんとした友達だからか、クロの佐藤さんに対する甘やかしが凄い。

というかスキルの効果を詳しく聞いてなかったけど、本当に俺が特段何かしなくても周りの人たちには経験値が入るんだな。

「まだ不安？　だったら……。お願い、一也さん。みなみちゃんのためにちょっと働いてもらってもいい？」

クロはそういってダンジョンの映像をいくつか映し出し、そこに映るモンスターを指差した。

佐藤さんのためにモンスターを殺してくれってことか。別にいいがやっぱりクロは佐藤さんに入れ込みすぎている部分があるな。……それにしても外でダンジョンの映像を映し出せるようになったのはいくらなんでも便利が過ぎる。まだ魔力矢の威力が下がる仕様などは解消されていないとはいえ、雑魚狩りするだけならもう外に出る必要がない。

「分かった。だがその前に……。――あ、江崎さんですか、実はちょっといろいろありまして……。」

――はい。お願いします」

俺はクロのお願いを受け入れると、一連の騒動を江崎さんに報告。そのまま医療班の人たちに来てもらう手筈を整えてもらった。

報告に対して意外にも冷静な返しだったのは、俺たちが思っている以上に同じ事件が多くの場所で起きているということを意味している気がする。

「……。待たせたな。じゃあ医療班の人たちが来るまでレベルを上げようか」

俺は通話を終了させると、とりあえず転移弓に切り替えて今ある魔力矢を全て使い切った。そして新たに三十本の魔力矢を用意し、クロが映し出すモンスターたちを的当ての要領で殺す。

何もしていないのにレベルが上がるという現象に戸惑っているのか、佐藤さんはステータスをじっと眺め、口はずっと開いたまま。

たまににやりと口角が上がるが、それが俺にはちょっとだけ怖く映る。

「――ふぅ。どうだ、レベルは？」

「……凄い上がりました。スキルもあり得ない程強化されて……。ふ、ふふ……」

「良かったね、みなみちゃん！　これでお出かけも安心、安心！　じゃあ帰ってゲームしよう！」

「クロ、その前に医療班の人にこの探索者をお願いするのが先だ。ただこのままお願いしても、もし目を覚ましたら危険か……」

「だったら……『強制貸出』」

クロは倒れていた探索者の手を握ると、新しく使えるようになったらしい『強制貸出』というスキルを発動させた。

「――。えっと……『グラスプロック』」

少し間が空くと、クロは探索者から手を離し地面に手を突いてスキル名を呟いた。

すると地面から手の形の岩が現れてグーパーグーパーと開いたり閉じたりを繰り返す。

『強制貸出』なんていう言い方をしているが、これって実質スキルを盗んでるってことじゃないのか?

「とにかく凄いスキルだな……」

「ふふ。『強制貸出』は基本相手と交渉をして期間やその『効果の範囲』を調整できるんだけど、相手に意識がなかったりする時はこっちがリスクを支払うことで最大二日だけスキルを借りることができるの。勿論貸出だからその間は借りた効果を元の持ち主は使えないし、持ち主が死んでしまったら私も使えなくなっちゃう」

「『効果の範囲』っていうのはどういう……」

「攻撃バフを除いた部分だけを一也さんが貸出することもできるの。それが『効果の範囲』の調整。こっちとしても丸々借りるとそれなりに魔力を大きく消費してしまうから適材適所で一部分だけ借りられるっていうのは有難いかな」

「なるほど都合よく自由が利くスキルなんだな。ちなみに今支払ってるリスクってのは?」

「それが……分からないの。でも私にとって不利益なことが起こっているのは間違いない、って思う」

それが分からなくてよくそれができたな。

と言いたいところだが、今回はその効果のお陰で無事にこの探索者を搬送できそうだからあんまり皮肉になりそうなことを言うのは止めて——。

「——すみません！　お待たせしました！　この人が連絡のあった方ですね？　——。呼吸はしっかりしてるけど意識がない。とにかく頭を動かさず担架に！　他に怪我をしている人はいませんか？　不調のある人は一緒に搬送できますが――」

「俺たちは……佐藤さんは大丈夫？」

「ちょっと擦りむいただけで大丈夫です」

「じゃあこっちは大丈夫なので急いで連れて行ってあげてください。スキルはしばらく使えないはずなので、そこは安心してもらって」

「了解しました。今回は連絡ありがとうございます。後日探索者ビルで警察の方から事情聴取をされるかもしれませんが……。いや、今の状況だとあっちも忙しすぎてそんな暇はないか……。とにかく何かあったら窓口から連絡が行くと思います。それでは」

俺たちがスキルについて話していると、医療班の人たちが慌ただしい様子で救急車に似た車から降りてきた。

そして、男性探索者をすぐに車に乗せると簡単に挨拶を済ませてその場を後にした。

かなり手慣れた様子、それに警察の話を聞くに、やはり同じような仕事が増えているらしい。

「ふぅ。とりあえず一段落だな。早急にダンジョンの異変をなんとかしたい気持ちはあるが……。一旦家に戻るか」

「そうだね。結局映像を出せても、ダンジョンを進めないいんじゃ意味ないし……。早く帰ってゲームしよう！　ね、みなみちゃん！」

「……。『システムクリエイト』、展開場所未設定、対象者選択、モンスターの自動発生設定、報酬、階層設定、成長レベル、ふふふふ、何このスキル。これがあれば私だけの――」

「みなみちゃんどうしたの？」

「ひゃっ！　べ、別になんでもないよ！　なんでも！」

俺とクロが帰ろうとしているのに、薄気味悪く笑う佐藤さん。

そんな佐藤さんの肩をポンとクロが叩くと佐藤さんは素っ頓狂《すっとんきょう》な声を上げ、いつもの調子に戻った。

俺も一気にレベルが上がった時は動揺したが、佐藤さんも同じような状態なのかもしれない。

「まぁちょっとすれば落ち着くだろ」

そう思って俺たちは家に向かった。

だが佐藤さんの様子はその日一日中おかしく、俺はその様子にどこか不安を抱きながら眠りにつくのだった。

三

『――アダマンタイトクラスの探索者三十階層を突破！　四十階層の正常化を図るため連日探索活動。最早英雄の出番なしか？』

『正常化反対派再び暴走！　荒れる若者の街！　正常化を図るアダマンタイトクラス探索者を狙って、突如現れた遺跡で決起集会か？』

それから二日後の朝。俺はネットニュースの見出しを見ながらコーヒーを啜《すす》っていた。

『ノスタルジアの木』の処理ができたという報告を昨日の夜に朱音から連絡をもらったが、まさかこんなに早く三十階層の正常化を済ませるなんて思ってもいなかった。

おそらくは拓海が俺にライバル心を感じて自分たちだけで正常化できるというところを見せようとした結果なのだろう。

喜ばしいことなんだが出し抜かれた気がして少し悔しい。

とにかくダンジョンが進入できるようになったのであれば今すぐにでもダンジョンへ行きたいところだが……。

「なんで連絡来ないの、みなみちゃん……」

ゲームのフレンド機能からもう何度目か分からないお誘いメッセージを送るクロ。

というのも探索者に襲われてからなぜか佐藤さんは音信不通になってしまっていた。

そのためクロは佐藤さんからの返信を期待してずっとゲーム画面の映るテレビの前から動こうとしない。

大好物のパフェを買いに行こうと誘っても、やんわりとそれを断るほどの重傷。

出会ったばかりの人と少し仲良くなったくらいでここまで思い入れが膨らむという経験は俺にはないが、クロにとってみたらこっちの世界での初めての友達。

子供の時に友達が引っ越しでいなくなってしまうような喪失感があるのだろう。

そっとしておいてあげるか？　でもダンジョンに行くならクロを連れていきたいところ――。

――ピンポーン！

今日の予定を決めかねていると唐突にインターホンが鳴った。

誰か来る予定はなかったはずだが、俺の家の場所を知っているのはあいつくらいしかいない。

「……。また来たのか。三十階層を正常化したばかりなんだからちょっと休んでも――」

「よ、よう」

「た、拓海？」

「と私、朱音もいるわよ！」

玄関の扉を開くとそこには前見た時よりも健康そうな顔になった拓海と不自然なくらい笑顔の朱音がそこに立っていた。

「二人で来るなんて……。一体どういう風の吹き回しだ？」

「ちょっと聞きたいことがあって。それと言いたいこともあるんだよね、拓海」

「言いたいこと？」

わざわざ俺に直接言いに来るって……。何か俺、拓海を怒らせるようなことしたっけ？

「……一也ちょっと耳を貸してくれ」

「え？　あ、ああ」

拓海は怒っているというよりも、どこかそわそわしている様子。

こんな拓海は今まで見たことがない。

「……。佐藤っていう女に手を出しているらしいが、あれは止めておけ。それと今日の朱音はああ見えて危険な状態だ。外でスキルを使える状態の今、何をしでかすか分からん。いいか、ヤバそうな時

はちゃんと朱音の機嫌をとるようにするんだ」

「拓海、なんで佐藤さんのことを――」

「あ！　馬鹿っ！」

「飯村君……。やっぱり知ってたんだ。今日はそれについていっぱい話してもらうからね」

「佐藤さん……。一也さん！　もしかしてみなみちゃんがまた来てくれたの？」

佐藤さんという名前に反応したクロ。

クロの声を聞いた朱音は更に口角を上げ、拓海は右手で自分の顔を覆う。

「久しぶりクロちゃん。そのみなみちゃんっていうのはよく家に来ていたのかな？」

「久しぶりです朱音さん！　そうなんですけど、最近は連絡取れなくて……。ちょっと前までは一也さんと私とみなみちゃんで明け方まで頑張ってたんですけど……」

「明け方まで三人で……頑張ってた？」

「一也……。お前、有名になったからってそれは……」

「お前らとんでもない誤解してるな。はぁ。弁解するからとにかく上がってくれ。それに、俺も二人に聞きたいことがある」

俺は挙動のおかしくなる朱音となんとも言えない表情の拓海を招き入れるとリビングのソファに腰かけさせた。

さて、まずは誤解を解くところからだな。

「えっとだな、まず頑張ってたっていうのはこれ、ゲームの話だ。な、クロ」

「うん。最近買ってもらったゲームを三人で遊んでて……。それより朱音さんはみなみちゃんが、佐藤みなみちゃんのことを知ってるんですか？　それなら今どこで何をしてるとか、病気になっていないかとか教えて欲しいです！」

「えっと、クロちゃんちょっと落ち着いてもらってもいいかな？」

「この様子……。一也、お前本当に何もしていないんだな？」

クロの必死な顔のお蔭で二人は真面目な表情を見せた。どうやらあっさり誤解は解けたようだ。

「ああ。分かってくれて何よりだ。それで二人の聞きたいことってのはなんだ？　ちなみに俺の聞きたいことっていうのはクロと全く同じなんだが」

するると今度は朱音の顔を窺いながら拓海がゆっくりと口を開いた。

「佐藤みなみと二人が仲が良いとを知った上でこの話をするのはなかなか酷だとは思うが……。佐藤みなみ。あいつは今、俺たち『ファースト』が受けている依頼で拘束対象になっていて、危険人物。まだ公にはなっていないが内々でテロリスト扱いになっている」

「みなみちゃんが、危険人物？」

拓海の言葉に信じられないと言った様子のクロ。勿論俺もまだ信じられていない。

「ええ。佐藤みなみが犯した罪はダンジョン内での人間への暴行。具体的にはダンジョンの正常化を図る私たち『ファースト』を阻止するために二十九階層で攻撃をしてきたの」

「佐藤さんが二十九階層？　でも俺が知っている佐藤さんはそこまでのレベルじゃ……。それにそんなに早く二十九階層にしかも一人で向かうのは不可能——」

「スキルでダンジョン内の移動が可能らしい。というのも奴は自分で『ワープゲート』を生み出せるんだ」

拓海はクロをじっと見つめながら言い放つ。

その視線はなんで佐藤さんがお前と同じスキルを使えるんだと言いたげだ。

「クロちゃんと同じスキルを使えることが気になったっていうのは勿論だけど、佐藤みなみはダンジョンのモンスターを操るような仕草を見せてて……。ダンジョンのシステムっていうのは人間があんな風に簡単に干渉できるものなの？」

「それは私には分かりません。でもスキルにはリスクを伴う代わりに強力な効果を発揮できるものがあります。だからそういったスキルもあり得なくはないと思います。『ワープゲート』を使えるっていう点も詳しくは分からないです」

「そう。クロちゃんにもそこははっきりと分からないのね」

「すみません。私も全てのスキル、職業を把握しているわけではないので」

「それが聞けただけでこっちとしては満足だ。『ワープゲート』、それに奴が呟いていた英雄という単語。最悪俺は一也とクロちゃんが奴と結託して今回の一件に絡んできたという可能性も持っていたからな」

拓海はふっと息を吐くと、少し安心した表情を見せた。

多分拓海がここに来たのは、俺たちが佐藤さんと共謀していた場合、朱音一人では危機に陥る可能性があったからなのだろう。

「みなみちゃんが、そんなことをしようと知っていたなら私は止めていました。みなみちゃん、なんで……。あんなに楽しく遊んでたのに……」

「遊び、ね。あの子にとっては私たちを襲ったのも遊び感覚だったのかもしれないわ。『ゲームのような世界を作りたい』そんな言葉を頼りに使っていたから」

「……。それでみなみちゃんは今どこに？」

「残念ながら場所は特定できていないの。でも私たちを襲うような人間ならなんとなく見当はついてるわ。二人はこのニュースを知ってる？」

そう言いながら朱音はスマホの画面を俺たちに向けた。

『正常化反対派再び暴走！　荒れる若者の街！　正常化を図るアダマンタイトクラス探索者を狙って、突如現れた遺跡で決起集会か？』

さっきまで何気なく見ていたネットニュースの見出し。

まさかこれが自分たちに関係してくるなんて……。世間は俺が思っている以上に、遥かに狭いな。

「これに佐藤さんが……」

「根拠は佐藤みなみが一人じゃなく、側近のような男を側に置いていたから。口調からして佐藤みなみを崇《あが》めているように俺には見えた」

「男の人……。もしかしてみなみちゃんがその人に洗脳されているとか……。そうなら早くみなみちゃんを助けに行かないと！」

拓海がその派閥に佐藤さんが加わっている根拠を話すと、クロは急に立ち上がった。

「今までのクロちゃんの様子からしてそうなるだろうとは思ったわ。まぁ私たちだけでも乗り込もうとは思っていたけど。飯村君も今回は一緒に戦ってくれるわよね？」

「あんまり共闘は好きじゃないんだが……。今回ばかりは状況が状況だからな」

「助かるわ。一応『ファースト』のメンバーの一部が既に周りの状況を確認して侵入経路を整えてくれてるはずだからすぐに向かいましょう――」

――ピコン。

クロに続いて俺たちも立ち上がると、点けっぱなしだったゲーム画面に新着のメッセージが映し出された。

『久しぶりクロちゃん、飯村さん。二人のお蔭で私はとっても大きな力を手に入れることができた。仲間も信じられないほど増えて……。本当に感謝しているわ。自分で作った『ダンジョン』はまだ小さいけど、これから既存のダンジョンと合わせてモンスターのいる世界を作るための大きな足掛かりになるはず。これからはゲームのような世界に順応できる人たちが、ゲームしか取り柄のないような人たちが有利な世界に変わっていく。だけどそれを邪魔しようとする人たちがいっぱいいてね。仲間たちはそいつらを殺そうって言ってるの。でも私にとって二人は特別。私の、私たちの思想に共感してくれるなら二人だけは殺さないであげる。クロちゃん、飯村さん、私たちの仲間にならない？』

「みなみちゃん……。仲間にはならない。私はおかしくなっちゃったみなみちゃんを助けてあげるの」

クロはそのメッセージを読み上げた後ぽつりと呟き、メッセージを返した。

すると……

――プルルルル
「――ごめんなさいちょっと電話が……。もしもしお疲れ様。どうそっちの様子は？」

『それが遺跡からモンスターが大量に湧き出して、それに正常化反対派の奴が……。とにかく俺たちは近隣の人たちを避難させる！　悪いが侵入経路の確保は不可能になったと思ってくれ！　探索者窓口に伝えて、それと警察に連絡を頼む！』

「え？　ちょっ、モンスターって……。切れちゃったわ」

朱音のもとにかかってきた電話から音声が漏れ出ると、その内容は俺たちにも伝わった。

どうやら佐藤さんはクロの返信を受けて、本格的に行動に移ったらしい。

それにしてもダンジョンを作り出すスキルって……。そんなのチート職業って言っても過言じゃないな。

「まずいな。とにかく急いで現地に向かわないと――」

「だったら私の『ワープゲート』を使ってください！　きっと向こう場所が『ダンジョン』になってるなら……『ダンジョン』から『ダンジョン』へのワープができるかもしれませ――」

「が、あ……」

拓海が玄関に向かおうとするのを止めるクロ。

すると同時に、俺の耳に聞き覚えのある鳴き声が。

「……。もしかしてみなみちゃんはこっちの様子を確認できる？　それでここに『モンスター』を送り込んで……。ということは『ワープゲート』の設定を操作も……。と、とにかく、家にあるワープゲートは消したり、設定を変更したりできないので、潜り抜けた先に出現、繋がっている『ワープゲート』だけを封鎖、出口専用に変更します。急いで向こう側に移動しましょう！」

「分かった。魔力弓、魔力消費5。魔力矢、魔力消費5。変換吸収の矢」

俺は家の『ワープゲート』から姿を現したモンスター、『コボルト』をクロが発した移動の合図を聞き終えた後に魔力矢で撃ち抜いた。そして魔力を吸収し、急いで拓海、朱音、クロと『ワープゲート』を抜けた。

すると……。

「――何、これ？」

「今までここにモンスターが湧いたことはなかったんだけどな。クロ、これは『ワープゲート』を操作されたことが原因なのか？」

「……ううん。むしろその線は消えた。家にコボルトが現れたのは単純にここで湧いたコボルトがたまたまあそこを潜ってきただけだと思う。でも、なんでいきなりこんなに湧くようになったの？」

ワープゲートを潜った先に見えたのは大規模なコボルトの群れ。

その中には通常のコボルトから進化した個体、ウォーコボルトまでいる。

この前まで戦っていた相手なのに、懐かしいメンツに感じられるのはなぜだろう。

「来るぞ！　一也ボケッとするな！」

「クロちゃんも！　戦闘の体勢をとって！」

俺たちが予想外の光景に動きを止めて考察をしようとすると、拓海と朱音は注意を投げかけながらコボルトの群れに突っ込んでいった。

流石にアダマンタイトクラスの探索者。ダンジョンでの戦闘経験が俺たちよりも豊富なため、探索に対する姿勢にプロ意識を感じる。

「ふ、流石だな。よし、俺も……。ってもう終わるなこれ」

俺も急いで戦闘に加わろうとするが、拓海の水スキルと朱音の空間爆発だけでコボルトたちを圧倒。イレギュラーな存在でない通常湧きのコボルトなんて二人にとっては所詮雑魚でしかないのだろう。

「凄い……。ん？　一也さんあれって……」

「ああ、あんなもの今までなかったよな」

通常のコボルトがほとんどいなくなり、残ったのはウォーコボルトが数匹。

視界が開け、前まではなかった登り階段の存在に俺とクロは気づいた。

それに気になるのは微かに聞こえる足音。誰かがあの階段から下りてくる。

「――こんなところにもダンジョンへの入り口があるなんて知らなかったぜ。ひひ、ここのモンスターたちは俺がもらっちゃおうか、な？」

下りてきたのはおそらく正常化反対派の探索者の男性。

男性は俺たちを見ると少し驚いたような表情を見せるが、それはたった一瞬だけ。次第に口角が上がり、不気味な笑い声を漏らし始めた。

「いやいやいや、こりゃあ凄いメンツだ。これを殺したら俺、相当レベルアップできるんじゃないか？」

「……。正常化反対派の探索者か？　白旗を上げて自ら拘束されてくれるなら、悪いようにはしないぞ」

「あ？　こんなチャンスにそんなことするわけないだろ？　俺たちはこの世界をひっくり返すんだからさ！　ギフトスキル：『モンスターコマンド』。集まれお前たち！」

男性が何やらスキルを発動させると、ウォリアーコボルトたちは男性のもとに駆け出した。

「制限付きだが、俺はモンスターを操作できるスキルを授かった。そして俺の職業は『武器屋』。モンスターたちからは今まで手に入れた経験値を対価として支払わせて、俺は俺の発現させた武器を売りつける。それが俺のスキル『ゲインウェポン』」

男性のスキル説明が終了すると、斧、剣、弓、槍、さまざまな武器がウォリアーコボルトの手元に顕現された。

それも普通の武器じゃないのか、それぞれがさまざまな色のエフェクトを纏っている。

「ふぅ……。か、かなり魔力を使ったが、エンチャント武器を持ったウォリアーコボルトたちを相手に四人じゃあ少なすぎ——」

——パンッ！

「まずは一匹。なぁ、これでもまだ拘束されるつもりはないか？」

俺は勝ち誇った表情の探索者の話を遮るように弓を引き、一番手前のウォーコボルトを爆散させた。

他の個体と距離があったため、衝撃波の効果は現れなかったが、男性の顔を見るに今の一撃は大分牽制《けんせい》になったんじゃないか？

「な、なんだよ、今の？　ってやば……」

男性はウォーコボルトたちを置いて後ずさりを始めたかと思うと、突然胸元を押さえ、今度はその場に倒れた。

「――強力なスキルはリスクを負う。モンスターを操作するなんてスキルを普通に利用できるはずがないってことか」

「い、今すぐリジェネを……。駄目、対象に選べない」

地面に倒れた男性を哀れな目で見ながら呟くと、クロは男性に対してリジェネを使おうとした。だがどうやらスキルのデメリットとして起きる事象を無効化、緩和することもできないようだ。

こうなってくると、『強制貸出』をしたクロの身が不安になってくるな。

「クロちゃん、その人を心配するのは分かるけどウォーコボルトが止まっている今がチャンスよ！」

「この状況なら魔力を温存してもいける。朱音、接近戦で仕留めるぞ」

朱音たちは男性を無視してウォーコボルトに攻撃を仕掛ける。

しかし……

「――うぉおおおおおおおおおおおおおお！」

「これ、人間の声じゃないわ！」

「くっ。耳が……」

突然倒れていた男性が雄叫びを上げた。すると二人はそのあまりの轟音に足を止めてしまった。

確かに凄い声で人間のものには聞こえない……。だがこれを俺は聞いたことがある？

「――グ、ルル……」

「え？　もしかしてこれがスキルによるリスクだっていうの？」

雄叫びを上げた男性は四つん這いになるとその身体に黒色の毛をびっしりと生やし、手や脚を細く変化。もはや人間の風貌ではなくなった男性に朱音は絶句。

その姿、俺はこの『モンスター』を知っている。

「……『ダースウルフェン』。じゃあ今の叫び声は――」

『新ダンジョンのモンスターの出現情報が上書きされました。ダースウルフェンが新ダンジョンにも出現するようになりました』

頭に流れるアナウンス。男性は完全にダースウルフェンとしてダンジョンに認定されたらしい。

そんな事実を目の当たりにしてスキルによるリスクの恐ろしさ感じると、俺は一つの疑問を頭に過らせた。

「ということは既存のダンジョンのダースウルフェンは……。あれも人が、スキルが関与しているのか？」

「飯村君！　来てるわよ！」

思考から導かれる可能性に頭を傾げていると、いつの間にか俺の目の前にはウォーコボルトが。

振り回される剣からは稲光が起き、普通に剣を振り回すよりも広い範囲を攻撃可能にしている。武器の扱いでいえば俺よりも遙かに上手い。

しかもさっきのダースウルフェンの雄叫び、バフ効果のお陰なのか動きも素早い。

とはいえ今の俺に対応できないほどじゃないが。

俺は攻撃を避けながら弓を引き、ウォーコボルトに敢えて分裂させた魔力矢全てを着弾させ、根性を無効化させながら一体爆散させた。それと同じタイミングで朱音と拓海も自身が相手をしていたウォーコボルトをそれぞれ撃破。

あっという間に残りはウォーコボルト三匹。ダースウルフェンが一匹。

予想外の出来事に驚かされたものの、これくらいならなんてことはない――。

『新ダンジョンフェーズ2に移行』

――ウィン。

不吉なアナウンスが頭に流れると俺たちの目の前に現れた『ワープゲート』。

家の中にコボルトが現れた経験から、俺たちは一度様子を見るために後退する。

クロはといえば、ああは言ったものの自分の生み出した『ワープゲート』に細工される可能性を完全に拭い切れていなかったのか、慌てて自分の出した『ワープゲート』の設定変更を始めた。

「一体何が出てくるのかしら?」

「フェーズ2ってことは記憶に干渉してくるモンスターが出てくる可能性もある。とにかく注意――」

「――ペポ」

朱音に対して拓海が注意を促そうとすると、ワープゲートから一匹のモンスターが現れた。

それは俺が嫌ってほど倒したあのモンスター。

「――金色スライム。ということは……」

「ぐぁっ！」

これから起こるであろうことを推測していると、生き残っていたウォーコボルトたちは凄まじい速さでダースウルフェンを殺し、そして、そんなダースウルフェンに金色スライムは慌てて近づき……蘇生。

「転移弓、魔力消費10！」

俺はダースウルフェンの持つあのスキルを発動させまいと、元々人間だったからと躊躇することなく、発現させた転移弓で攻撃を仕掛けようとした。

だが……。

「うぁおおおおおおおおおおおおおおおおお！」

『新ダンジョンにロードコボルトが出現するようになりました。ロードコボルトはスキル：ゲインウェポン【必素材】を恒常スキルとしました。新ダンジョンでの今後の階層ボスとしてロードコボルトの登録が完了しました』

「やっぱりか」

ダースウルフェンがその場に倒れると、アナウンスが流れ、今度はウォーコボルトがその姿をロードコボルトに変化させた。

「八十階層のボス……。それにしても命を絶ってまで仲間を進化させるスキルを発動させるなんて……」

「発動させた、というより勝手にそうなったって感じだったな。金色スライムに蘇生させられると行動を強制させられるのかもしれない。もしこれを知っていて金色スライムをここに送り込んだとすればば……。とにかく正常化反対派のトップは言葉とは裏腹に仲間を道具のように扱っているようだ。はぁ。残念だが死んだ人間を生き返らせるのは不可能。朱音、一也、クロちゃん、今は戦闘に集中しろよ」

「は、はい……」

拓海の注意を頭に入れる余裕がないのか、クロは声を震わせながら適当に返事をする。

今までの話から正常化反対派のトップは佐藤さんである可能性が高い。

そんな佐藤さんが人の命を奪うようなことをしているとあればクロにとってこれ以上ないダメージ。

暫くクロは戦闘ができないと割り切ったほうがいいとして……。

「ならクロを守りながら戦う。いや、クロが戦う必要のない状況をひとまず作ってやるか」

男性の死は悲観すべきだが、以前一撃で倒せなかったロードコボルトをまた相手にできるまたとない機会。

俺はクロとは対照的にこの状況に少し高揚感を覚えながら弓を構えた。

「来るわっ！」

ロードコボルトたちが地面に手を当ててスキルを発動、もう片方の手にも発動させたスキルによって作り出された武器を携えると凄まじい勢いで突っ込んできた。

それもまず転移弓による攻撃を封じるためなのか、全員が俺のもとに。

しかもロードコボルトたちの手にはエンチャント武器があるため、突っ込んでくる最中も遠距離から攻撃を仕掛けてくる。

接近戦に持ち込まれないために、これを回避しながらの狙撃が必要だが、なかなか難しそうだ。

「まぁ、難しそうと思うだけで、不可能というわけじゃないが」

――パン！

「うん。ロードコボルトでも問題なしだな」

「うそ……。それ、ロードコボルトでも簡単に仕留められるの？」

「そんなのを見せつけられたら……。しょうがない、今回はサポートに回るか。――『アクアホールバインド』」

俺が攻撃を回避しながらロードコボルトを一匹爆散させると、拓海はやれやれといった様子で残っていた一匹のロードコボルトの足元に小さな水溜まりを作った。

「がっ！」

唐突にできたそれをロードコボルトは避けることができず、右足を突っ込ませる。

すると、一見浅そうに見えた水溜まりの中にロードコボルトの右足はズブズブと埋まっていき、太股の辺りでそれはようやく止まった。

まるで底なし沼のそれのような変わったスキルで、足止めにはこれ以上ない効果。

「拘束時間は長くない！　今のうちに決めろ、一也！」

「拓海がサポートに回るなんて……。ふふ、じゃあ私も飯村くんに繋ぐわ。『空間爆発【小】』」

拓海に続いて朱音がもう一匹のロードコボルトの足元を爆発させて体勢を崩す。

「流石だ、二人とも」

二人のサポートを無駄にしないためにも俺は急いで弓を引いた。

そしてその矢が当たる直前、戦いはしばらく無理だろうと思っていたクロが口を開いた。

「――『レベルギフト』。少しでもみんなレベルを上げて……。それで、それで……。仲間を死なせるようなスキルを使っちゃうくらいおかしくなったみなみちゃんを……。一緒に助けてください」

ロードコボルトたちが爆散する音が轟くも、クロの細く震える声は不思議とかき消されることなく俺たちのもとまでしっかりと届いた。

「そんな風にクロちゃんに頼まれたら断れないわよ」

「助けるというのが何を指すのかは分からないが、俺は元々人を殺す気はない。拘束して依頼を達成するだけだ。まぁ拘束した後佐藤みなみと何を話そうがそれは勝手だがな」

「拓海……。この歳の男がツンデレは逆に恥ずかしいぞ。――クロ、佐藤さんは俺の友達でもある。そんな風にお願いされなくても気持ちは一緒だ。さ、ゆっくりしていたらまた何が起こるか分からない。先を急ぐぞ。っとその前に……」

俺たちは元々人間だったダースウルフェンの死体を地面に埋めた後、階段を駆け上がるのだった。

「――かなり長い階段だったわね」

「元々のダンジョと同じでダースウルフェンがいる階層相当の深さなんだろうな、あの場所は」

俺とクロの前を行く拓海と朱音は息一つ乱さず、会話をする。

本当にこの長い階段を一緒に登ってきたのか、と思うくらい俺たちとアダマンタイトクラスの二人には疲労の差がある。レベルが上がっても基本的な体力の差は埋まらないらしい。

「それでここは……。遺跡の裏側か？　辺りに敵はいないみたいだが……。全員油断するなよ」

階段を登りきった先に見えたのは石造りの神殿に似た古い建物。

拓海の注意喚起を聞きながら周りを見ると、その神殿への通り道を示すかのような柱跡が。

日本にある古墳や貝塚の遺跡と比べると随分西洋風だ。

「こっちにはダンジョンの入り口になっていそうな所はないわね。正面に移動しましょう」

俺たちは朱音を先頭に遺跡の正面側へ移動を開始する。


「痛っ……」

しかし移動をして間もなくクロが頭を押さえて辛そうな表情を見せた。

この反応は記憶を思い出そうとする時のもののようだが……。なぜこのタイミングで？

「クロ、大丈夫か？　まだ辺りに敵は見えない。少し休んで――」

「大丈夫、ただちょっとこの建物に見覚えがあった気がしただけで、痛みも大したことないから。心配してくれてありがとう、一也さん」

「そうか。無理だけはするなよ」

「うん」

この遺跡に見覚えがある、か。

クロがこの世界に来てからはずっとダンジョンの中にいたはず。まさかこの遺跡も異世界のものなのか？

それならこの遺跡はどうやってこの世界に転移してきて――

「いたぞ。こっちに気づいてない今がチャンス。一気に奇襲して侵入する。弓での攻撃は探索者たちを殺しかねないから一也は朱音と俺の後ろからモンスターだけを狙ってくれ。クロちゃんは俺が拘束した探索者たちにリジェネを頼む。ふぅ……。行くぞ」

拓海と朱音を先頭に正面側へ移動。すると、金色スライムとビッグスライムが複数、それに探索者たち数名が辺りを見回っていた。

「俺も魔力弓、魔力消費10。魔力矢、魔力消費30」

俺は早速探索者に向かって駆け出した拓海と朱音をサポートするように魔力矢を連射。

突然弾け飛ぶモンスターたちに探索者は驚き、足を止めた。

「な、何が起きっ――」

「『アクアプリズン【インエアバブル】』」

その隙を突いて拓海はスキルを発動。大きな水の塊の中に探索者を閉じ込めた。

そして朱音はその中に石を投げ入れ、そのほかの探索者たちと石の場所を次々に入れ替えていく。

大きな水の塊の中は二層になっていて、内側の層は水色、外側は濃い青色。その中で元気よく動き回る探索者たちを見るに内側では呼吸ができるようだ。

「――はぁはぁはぁ……。ちょっと疲れてきたかも」

「朱音、後だ！」

「『スタンプアーム』」

息を切らす朱音の背後にはいつの間にか探索者が……。拓海が慌てて注意を促すが、探索者はスキルを発動。その両腕を振り上げ、腕だけを巨大化させた。

朱音の防御力がいくら高いとはいえ、あれで叩かれたら圧殺されかねない。

弓は引ける状況だが、相手の探索者のことを考えると――。

「一也さん！　魔力弓と魔力矢『貸出』させて！」

思考を巡らせていると、クロが俺の背中に触れ言葉を荒げた。

俺がその願いに心の中で咄嗟に返事をすると、クロの手には魔力弓と魔力矢が。

「当たって……」

驚く暇もなくクロが弓を引く。すると矢は分裂。両腕、両足など、探索者の急所以外を射抜いた。

「ぐああああああああああっ！」

「ナイスクロちゃん！」

クロの一撃で叫び声を上げた探索者、それを朱音はすぐさま大きな水の塊の中へ。

俺と違いクロなら魔力矢を当てても『必中会心』の効果がないから探索者を即死させてしまう恐れがない。対人戦では威力がありすぎる俺の弓スキルは機能しないと思っていたが、こんな活かし方があったか。

「――リジェネ付与も完了。よし、こいつらはもう放っておいても大丈夫だ。先を急ぐぞ！」

全ての探索者、そしてモンスターを片付けると、拓海は遺跡の入り口に向かって走り出した。

――シュル
すると、今度は入り口の奥から見慣れた姿、金色の管が……。

だがヒューマンスライムは他の階層に影響を及ぼすだけで、外に出ることは無理だったはずじゃ？

「――佐藤様、ここは私がなんとかしますので」

「そんなこと言ったって外の人たちはもう全滅でしょ？　あなた一人で何ができるっていうの？」

「それは……」

「それに安心して。あの人たちは私に攻撃できないから」

金色の管、ヒューマンスライムの腕が続く先を見ると、そこには腰の低い男性が一人と佐藤さんの姿があった。

しかし佐藤さんの様子は明らかにおかしい。

部下に話しかける言葉から漏れ出す少し威圧する雰囲気と……。なんといってもその右半身。

右腕はにゅるにゅると形状を変化させながら動き、そして顔の半分はスライムのそれになっている。

「……みなみちゃん」

「久しぶりね。まさかあのメッセージを受け取ってすぐにここに辿り着くなんて思わなかったよ。まだあなたたちを倒す準備はできていないっていうのに……。旧ダンジョンと新ダンジョンのリンク地点？　が問題なんだろうけど……。はぁ、もっと早く、それでいて大量に金色スライムを送り込めていればなぁ。」

「……。みなみちゃん、その身体は？」

「あーこれは私が外にモンスターを排出するために体内に飼ってるんだよ。ふふ、凄いでしょ？『モンスターコマンド』を使えばこんなことだってできる。私の作ったダンジョンが世界を変えるまでそう時間はかからないかもね」

佐藤さんはそう言うと金色に光る腕をうねらせて軽く笑ってみせた。

その顔は恐ろしいほど無邪気で、ゲームに熱中している時のまま。

「そのスキルで人が死んだんだよ。それにそれを使うとみなみちゃんも危ない」

「えっと、スキルのデメリットを伝えた上で『ギフトスキル』として『モンスターコマンド』を渡したんだから、私に非はないんじゃないかな。そもそも、『ダンジョンクリエイター』を発動させた時点で私は勿論、私に賛同した探索者もいろんなリスクを背負う覚悟を持ってくれている。だってそれがスキルの発動条件だから」

ダンジョンを生み出すスキル、か。

ということはクロのいた旧ダンジョンも同じようにして生まれたのか？

であればそれは誰が、なんのために？

「分かっててやってるんだね……」

「勿論。今のところは何もかも順調よ。旧ダンジョンにその効果を引っ張られているのか、フェーズもあっという間に2になったし、現行世界をファンタジーで、私たち好みの住みやすいものに変えるにはやっぱり旧ダンジョンのフェーズ進行も重要ね」

「異変は私たちが止める」

「だったら私はあなたたちを殺す」

クロと佐藤さんの視線がぶつかり合い火花が散っているようだ。

この様子だと佐藤さんが洗脳されているという線はもうないだろう。

「――でも、殺すにはまだまだ力が足りない。今日は挨拶ということにさせてもらうわ。ふふ、私の魔力と記憶とを引き換えに……。発芽しなさい。『ノスタルジアの木』」

「発芽……。もしかしてそれは！　さ、佐藤様、ま、待ってくださ――。ぐ、ご……。ご、ごでは、わだじのがらだが……」

「『モンスターコマンド』取得、発動のリスク、それは従えたモンスターをないがしろにするような行動をとった場合、強制的に自分をそのモンスターたちを統べるような存在へと変化させるというもの。それと同時に私と盟約を結んだ者は時に私の記憶を後世に残す木へと姿を変える。そう、あなたにはとっても名誉な仕事を与えてあげているってわけ」

側近の男の身体は佐藤さんの合図によってその姿を木へと変化させ始めた。

そして数秒後、完全に大木へと姿を変えた男だったが、なお成長を続け、その根は遺跡の入り口全体に這う。

「安心して、生きるための魔力は私が与えてあげる。それに、戦力が整ったらその姿を戻すこともできるから。ただその時まであなたの自我が残ってるかどうかは分からないけどね」

邪悪な笑顔を浮かべる佐藤さん。その姿からはもう人らしさが欠けているように見えた。

「――みなみちゃんっ！」

クロは大声を上げながら『貸出』によって生み出された魔力弓を引くが……。

「無駄だよ。『ノスタルジアの木』に物理攻撃は効かないから。むしろその矢は魔力として木の養分になる」

勢いよく成長していく『ノスタルジアの木』は咄嗟に放たれた魔力矢を飲み込み、更にその姿を大きくさせた。その根のせいで遺跡の入り口に見えている佐藤さんの姿は殆ど隠れてしまった。

「みなみちゃん……。みなみちゃん！」

「危ないクロちゃん！」

クロは成長を続ける『ノスタルジアの木』に腕を差し伸べるが、それに巻き込まれてはまずいと思った朱音が止めに入る。

「朱音さん、離して……」

「この木はそんなことをしても無駄。巻き込まれれば最悪の場合絞め殺されるよ」

「だ、だったら朱音さんのスキルでみなみちゃんを――」

「ごめんなさい。佐藤みなみが体にモンスターを飼ってるから……。二体を一度に入れ替えることはできないの……」

朱音の申し訳なさそうな表情に気づいたのか、クロは感情を押し殺して口を紡ぐ。

そして二人は『ノスタルジアの木』から離れるとその成長を眺め始めた。

「……拓海。この大きさだと退《しりぞ》けるのにどれくらいかかる？」

「大体十日間……いや、前に協力してもらった探索者の魔力と気力の回復を待つ必要もあるから二週間は必要かもしれない」

「そうか……。それだけあれば向こうも好き勝手できそうだ」

「もっと効率のいい対処方法があればいいんだが、如何せん『ノスタルジアの木』は直接的な魔法攻撃にも強くてな。俺たちの持つ水系スキルや氷系スキルでじんわり腐らせていくしかないんだ」

「それなら水道から――」

「それも試してみたが、所謂《いわゆる》養分となりえる水、魔力を含んだ水以外は吸収しようとしないんだ」

俺たちが佐藤さんをここから追っていくにはどうあっても二週間が必要、か。

他に方法はないのか……。

「……。クロ、ここから中にワープゲートは出せるか？」

「駄目、さっきから試してはいるけど……。拒絶される反応からしてここがダンジョンの外だから繋げられないってことでもないみたい。もしかするとみなみちゃんが『ワープゲート』自体を扱えない仕組みに変えたのかも。逆に言えば向こうからこっちにも『ワープゲート』を出せない可能性もあるけど」

クロの推測が正しければ氷のあるあの場所やその他の旧ダンジョンの階層に佐藤さんが現れることはなく、異変は残っているものの、これ以上の脅威が旧ダンジョンに現れることはない。

「『ワープゲート』での潜入もできないか……」

「ここで考えていても仕方ないわ。一旦帰ってから作戦を練るわよ」

「じゃあ全員さっきの階段を下ってください。あの場所から旧ダンジョンで条件を満たしている階層、それと家への『ワープゲート』は今まで通り出せるので」

クロの言葉に頷くと、俺たちは階段へと向かう。

そういえば『ワープゲート』で繋げなくてもこの階段は活きてるんだよな。

佐藤さんがリンクがどうのこうのって言ってたが……。もしかしてここ以外にも旧ダンジョンと新ダンジョンを繋げる場所、階段があるのかもしれない。

「クロ、旧ダンジョンに氷のあった場所と同じような、ちょっと変わった場所とかってあるか？」

「変わった場所？　うーん……」

「それなら五十階層と百階層のワープゲートがある場所が変わってるって言えるかも知れないわ。あそこって見つけるのも難しかったし……。そういえばまだワープできないままなのよね、あれ」

「多分な。もし朱音が言うように五十階層や百階層のあそこが一也の言う変わった場所であって、そこに新ダンジョンへ続く階段があったとして……。佐藤みなみにあの入り口同様封鎖される可能性は高い。五十階層、百階層にリンクしている階段があるかどうかは不明だが、とにかく急ぐ必要はあるだろう。俺はこいつらを警察に渡す必要があるが……。クロちゃんと一也は先に行け」

「分かった」

俺は拓海の言葉を聞き入れて急いで階段に足をかける。

「私も――」

「朱音は魔力を消費しすぎだ。一度回復してから追いつけばいい。安心しろ、今の一也の実力なら百階層くらいまでは余裕のはずだ」

「拓海がそんな風に言うなんて……」

「た、ただ事実を言っただけだ。一也！　俺たちが進みやすいように雑魚もちゃんと掃除しといてくれよ」

「了解」

俺は狼狽《うろた》える拓海に返事をすると、俺は一歩また一歩とクロと一緒に階段を下るのだった。

「——今までこの階層の出入り口は私の作ったワープゲートだけなのかもって思ってたけど、探せば通常階層に繋がる階段もありそうだね」

「ああ。そもそもこの階層の探索ってしたことがなかったからな。と、その前に目の前の敵に集中するか」

俺たちが階段を下り終えると、さっき殺したはずのコボルトたちが眼前にリスポーンしていた。

だが、成長する時間がなかったためか、ウォーコボルトの存在は見られない。

「元々あったワープゲートは封鎖しているし、コボルトたちは放っておいて新しいワープゲートで他の階層に移動を——」

「ぐおっ！」

クロに新しくワープゲートを催促しようとすると、一匹のコボルトがいきなり大きな声を上げた。

俺はそのコボルトを何かしでかす前に処理しようと移動。その身体を思い切り蹴り飛ばした。

するると、コボルトの身体は倒れながら突然と姿を消した。

死んで消滅するのとはまた違う。これはおそらく……。

「――階段、ここにあるな。モンスターが湧いて出るようになったのはマイナスとしか思ってなかったが、まさかこんな形でプラスに働くなんて……。隠し階段、余計にゲームらしさが増したな」

「うん……。それに特殊な階層と通常階層っを繋げる階段がこんなに見つけにくいならみなみちゃんたちもすぐには封鎖できないんじゃないかな？」

「そうだといいな。そうだ、一旦『貸出』を解いてもらってもいいか？　この階段の先に強力なモンスターが待ち構えている可能性もあるから」

「分かった。でも人間相手ならまた私が頑張るから」

「ああ、その時は任せた。俺がモンスター担当、クロは人間担当。改めてサポート頼むな」

「担当……。へへ、こうやって言ってもらえるとチームって感じでいいね」

「チーム、か……。ゲームの中だったけど、佐藤さんを含めた俺たちのチームは最高だったよな」

「そう、だね……」

「……。さ、話は終わりだ。さっさと先に進むぞ」

「うん」

俺はしんみりとした雰囲気の中、クロを先導するように勢いよく階段を下り始めた。

すると……。

「――ちょ、おいおいおいおい！」

「あ、脚が止まらなーいっ！」

階段は下れば下るほど急になり、俺たちは半分落ちるような体勢に変わった。

先に消えていったコボルトがなぜ戻ってこなかったのか、それをもう少し深く考えるべきだった。

「――光！　クロ！　もうすぐ出口だ！　なんとか減速をっ！」

「む、む、無理ぃぃぃぃぃぃぃぃいいいいいっ！」

「お、おいっ！」

俺の忠告とは裏腹に更に加速するクロが俺の背中を強く押した。

体勢は完全に崩れ、俺たちは倒れ込みながら光の中に突っ込む。

「――ん？　なんだ？」

「さ、さ、最悪だ！」

「う、受け止めてぇぇええええ！」

光を抜けて眼前に見えたのは、五人の探索者たちと三十階層の通常ボス、『トレント』。

長い階段だとは思っていたが、まさか繋がっていたのが、三十階層の天井だったなんて。

クロは大声で探索者たちに声を掛けているが、探索者たちは慌てた様子でその場から離れていく。

それくらい俺たちの落下スピードは速い。

何かこのスピードを殺せるもの……。そうだ！

「変換吸収の矢、魔力消費80。これで、止まってくれよ……」

俺は魔力矢を放った時の反動を利用するために、トレントに弓を向けた。

「クロ、俺に摑まれっ！」

「うんっ！」

クロに体を摑まれながらトレントを狙って弓を引くと、落下に対して魔力矢が放たれる反動が作用し、落下スピードは緩やかになった。

なんとか危機を回避し、ほっと胸を撫で下ろす俺たちと、爆散するトレント。

そしてその光景にポカンと口を開いたままの探索者たち。

俺たちはもう慣れてしまったが、ボスを一撃というのは初見だとやっぱり衝撃が強いよな。

「――悪かったな、獲物を横取りしたみたいになって」

「い、いえ。こっちこそ何もできなくて……。その、飯村さんですよね？　もしかして今からこの先に？」

「ああ。ここからは危険なモンスターが多い。もし進もうと思っているなら十分気をつけてな」

狩りの邪魔をしてしまったことに謝罪をすると、俺たちは次の階層の階段へ向かう。

そんな俺たちに遠くから『凄い』とか『かっこいい』とかクロに対しては『可愛い』なんて声も。

この状況下の中、こんなことで喜んでしまうのは俺が単純すぎるからかもしれな――

「へへ、可愛いって、そんなぁ……。ああいう風に言われると、なんというか、ちょっと気持ちが昂るね」

満足気なクロ。

さっきまでのシリアスな雰囲気はどこへやらだが、五十階層までの道中、これなら突っ走って行けそうだな。

『――ぐ、あ……』

「モンスターの声……。階段を登ろうとしてる個体がいるのか？　ともあれ……。魔力弓、再具現化。魔力消費10、魔力矢、魔力消費20」

俺はトレントを変換吸収の矢で倒して魔力を回復できたことを確認すると、新たに弓を産み出して階段を下る。

呻《うめ》き声が微かに聞こえるが……。確か次の階層はトロルがいるんだったか？

「――う、ぐあああ……」

「ここを上ってくるくらいだから今までの階層みたいに特殊な個体、更には特殊な状況を作ってるのかと思ったが……。そうじゃないのか？」

「う……。痛そう」

しばらくすると呻き声がはっきりと聞こえるようになり、その先にはモンスターの姿が見えた。

そのモンスターはやはりトロル。

ギリギリ階段を通れるほどの太さのそれは、徐々にＨＰを削られているようで、辛そうな表情を見せている。それに口や目からは血を流し、よく見れば身体中に傷跡が……。それは何かで叩かれた跡に見えるが……。

もしかすると今回の階層を統括するモンスターは今までと違い、単純に力で言うことを聞かせるタイプなのかもしれない。

「う、ぐ、外、そ、と……」

「トロルは人語を扱えるというのは本当だったのか。まぁ見た目は人間に似ているからな」

「ちょっと可哀想……」

「そうだな。でもこのままにしておくほうが可哀想だと俺は思うぞ」

身体を這いずらせて必死に階段を登ろうとするトロルに向かって俺は弓を引いた。

――パンッ！

いつもの破裂音が鳴り響く。

トロルはウォーコボルトどころか一定のボス以上に耐久力、特にＨＰが高いモンスターらしいが、それでも今の俺なら問題はな――

「う、が……」

一体片付けると奥のほうから鞭《むち》の音が響き、次のトロルが顔を出した。

階段にこびりついた血の量からして、登って来ようとしたのは今の一匹ではないと思ったが……。

それにしても新しく顔を出したトロルでさえ弱りすぎて大して危機感がない。

ただ、その奥から聞こえる鞭の音にはどうにも嫌な予感がする。

「クロ、トロルを破裂させるのと同時に突っ込むぞ」

「うん！　こんなところ、さくっと突破しちゃおう！」

――パンッ！

弓を引いトロルを殺すと、俺たちは勢いよく三十一階層に踏み入れた。

しかしその勢いは一瞬で失われ、クロは目の前の景色に思わず口に手を当てた。

四

「――う、が！」

「う、お前、行け」

「負け、叩く、それで上、目指せ」

俺たちの目に映ったのはトロル同士の階段を上るまいとする醜い争い。

時に誤って殺した仲間を食うトロルには思わず吐き気が込み上げる。

そんなトロルたちに対してレベルが高いからなのか鞭を持って命令を下すトロルが一匹。

その上下関係には人間の社会に近いものを感じる。

「あ……人、間？　いい匂い。ボスもいい、けど、人間もいい！」

その光景にあっけにとられている俺たちに気づいたトロルが一匹、ゆっくりこちらへ向かってきた。

その手には食いかけのトロルの死体。

ひどい匂いと醜い見た目だけでなく、共食いするという事実が俺の中の気持ち悪いという感情を更に膨らませてくれる。

ただ、さっき階段で殺していたトロルに比べて筋肉質なのはそれなりに強いということなんだと思うが……。

「そんなことを確認してやる時間も体力も無駄だな」

俺は近づいてきたトロルに対して興味を持つことをせず、弓を引いた。

すると……

「ぐ、うう。いってえ。いてえよお……」

魔力矢は分裂し、トロルの半身を爆散させてみせたが……。それだけでは仕留め切れなかった。

弓の具現化を少なめの魔力消費で済ませたことも原因なのだろうが、このレベルの個体を一撃で倒せなかったのは意外だ。

「痛い、痛い……。あ、む、ぐ、んっ！」

大きなダメージが入ったトロルは手に持っていた仲間の腕を脂汗を拭きながら必死に貪《むさぼ》った。

すると吹き飛んだ半身はゆっくりと元に戻り、トロルの様子が少し変わった。

仲間を食ったことが原因なのか、それとも瀕死状態からの復活が原因なのか、どちらにせよ分かったことが一つ。

こいつらはこの地獄のような環境の中で自分たちを強化している。

いや、違う。強制的に強化させられている。

目的はおそらく階段を突破して外に出られるような強力な個体作り。

最初は鞭を持った個体が三十一階層から四十階層の統括モンスターで、馬鹿の一つ覚えで他のトロルを進軍させようとしていたのだと思ったが……。この状況を作ったのはまた別にいるらしい。

「――ふう。力、満ちる。これなら、殺せるっ！」

「お前だけ、ズルい！」

一匹のトロルと戦闘をしていると他の個体も俺たちに気づいて一斉に襲いかかってきた。

威力の高い反動のある魔力矢と魔力弓を使ってそれを一掃することもできるだろうが、遠くでこの様子を冷静に見ている鞭を持ったトロルが反動後にどこからともなく一撃を与えようとしてくる可能性もある。

面倒だが一匹ずつ殺すか。『魔力矢、魔力消費70』

「うぐあぁっ！」

「こい、つ、うあああああ！」

トロルたちはその驚異的なＨＰと回復力を用いて、更には俺の魔力矢に耐え切れなかった個体の死体を食いながらジリジリと詰め寄る。

撃つ、瀕死、食う、再生、近寄る、撃つ、瀕死、食う、再生、近寄る。

強力な個体を生み出すルーティーンは完成。

そんなトロルたちの様子を知れば、統括モンスターは強化がこんなに高速で進行してほくそ笑むのだろう。

「だがそんな糞《くそ》みたいな笑みはすぐに消える。なぜなら――」

『ボーナス経験値を取得しました。レベルが２８０に上がりました』

俺が弓を引く度、トロルよりも速く俺がレベルアップをするから。

この攻撃力でも死なないようなトロルたちだけあって取得できる経験は膨大。

それを繰り返すと、俺のレベルはあっという間についに300の大台を超えた。

『レベルが300に上がりました。スキル：時空弓を取得しました。時間を置いて対象のモンスターへと矢が放たれます。対象のモンスター、或いは部位が存在しない場合、余った矢はストックされ、時間を置いてランダムに放たれます』

「面白いスキルだな。ちょっと使ってみるか」

俺は時空弓でトロルたちの右腕を狙って大量の魔力矢を放った後に、急いで通常の魔力弓に切り替え、狙った部位を爆散させた。

ランダムに放たれるという条件を満たして、どうなるかを待つ。

——にょん
それから数秒後、ストックされていた矢の先端が一斉に空中の何もなかった場所から顔を出し……一斉射出。

大量の魔力矢は分裂しながら使用者の俺ですら読めない軌道で自由に飛び交い始め、あちらこちらでトロルを爆散させた。

その様子は不思議と少し綺麗に見え、例えるなら絶え間なく打ち上がる花火に見えた。

「——や、だ。死にた、くない……」

乱れ飛ぶ矢の中を血まみれで抜け出すことのできたトロルが一匹。

どうやら飛び出し方は転移弓と似ているが、その範囲は思いの外《ほか》狭いらしい。

俺はその一匹を魔力弓を使って爆散させた。

罠を張る時や相手の裏を突く時には時空弓が役に立ってくれるかと思うが……。なかなか使いどころが難しいな。

「お、お前たち、何してる！　人間を殺せ！　階段を上れ！　そうすれば、ボス、俺たちと……。ぐへへ」

遠くで静観していた鞭を持つトロルだったが、この様子に憤りを感じたのか、鞭を地面へ叩きつけ、大事そうに祀《まつ》られてはいる岩に指をさしながら声を張り上げた。

特に変わった様子は見られないその岩に視線を送るトロルたちは不思議と口の端から涎を溢す。

この様子見るにあの岩には何か幻覚を見せる効果でもあるのだろうか？

「「「ぐおおおおおおおおおおおおっ！」」」

とにかくそのお蔭かトロルたちの士気が高揚すると、この階層中に凄まじい雄叫びが響き渡った。

ただいくら気持ちでどうにかしようとしてももう無駄。魔力矢は確実にトロルの数を減らしている。

「くそっ！　くそくそくそ！　なら、これでどうだ？」

鞭を持ったトロルは唐突に自分の顔を両手で握り潰した。

そしてその顔を変形させて、次第に人間のそれに近づける。

「どうだ、これで、攻撃は、できないはず」

「……酷いな」

「……マジで最悪」

クロから最近テレビを見て覚えた若者言葉を引き出すことに成功した鞭を持ったトロル。

鞭を持つトロルの変化したその顔はクロと全く同じと言っても過言ではないものの、太ったその身体とのアンバランスな見た目があまりにも滑稽《けい》。

俺に攻撃を躊躇させたいがための行動だったのだろうが、余計に攻撃意欲は増した。

『レベルが301に上がりました。ステータスポイントを2獲得しました』

「——一也さん。あいつのHPをギリギリまで削ってもらってもいい？　最後は私が仕留めたいから」

「了解した」

俺は残りが鞭を持つトロルだけとなったことを確認すると、最小限の威力になるように弓を再度作り直し、魔力矢を放った。

「ぐああああああああああっ！　なんで攻撃ができる？　そ、そうだ！　肉、肉を食わないと……」

右半身と下半身が吹き飛び、頭と左半身だけになった鞭を持っていたトロル。

てっきり殺してしまったと思ったが、そんな状態でも生き残っているのはこの個体が相当なレベルに達しているからだろう。

三十一階層でこれだけのモンスターに仕上っているとなると、これより下はもっと強い個体が——

——ベギッ！

「う、あ！」

「私の顔でそんなことをして……。ただで済むと思わないでね」

クロは死にかけのそいつの周りから他のトロルの死体を退《ど》けると、にっこり笑ってその顔に踵《かかと》を落とした。

余計なことをしたせいでクロの怒りを買ってしまったのが運の尽きだな。

「ご愁傷様だな。じゃあ俺はこの間にちょっと調べさせてもらうか」

俺はクロを自由にさせて大量のトロルがこぞって熱い視線を送っていた岩に近づいた。

見た目に変わった様子がないため少し触れてみたが、特に何も起こらない。

「じゃあ、匂いは……。うっ！　つんときた――」

仕方なく今度は岩に顔を近づけて匂いを嗅《か》いでみると、激臭が鼻腔を抜け、そして……

「――一也さん。私の言うこと聞いてくれたらちょっとだけだけど……いいよ？」

俺の目にはこれでもかと誘惑してくる薄着のクロの姿が飛び込んできた。

「これは幻影？　……こんなのに気づいたらまたクロがキレそうだな――」

「一也さん。私がまたキレるってどういうことですか？」

鞭を持っていたトロルを殺し終わったのか、今度は本物のクロが不気味な笑顔で俺に近づいてきた。

「急に敬語は怖すぎるって……」

「怖いって……。ちょっと質問しただけでしょ。それより……。ねえ、なんで私がキレるの？」

「……。ちょっとそこの岩の匂いを嗅げば分かる。だが、少し刺激が強いものが見える可能性があるからあまりおすすめは――」

「うわっ！　何なのこの匂い……」

俺の忠告を聞こうとせず、岩の匂いを嗅いだクロはその激臭に鼻を押さえた。

俺が今見えているのが薄着のクロ。ということはクロが見るのは……。

「か、一也さん！　そのその、ふ、服を着てっ！　そんなこと言っても駄目だって！　きゅ、急すぎるし、こんなところで――」

「はぁ……。落ち着けクロ。それは偽物。本物はこっちだ」

想像以上に取り乱し、顔を真っ赤にするクロの肩をポンポンと叩いた。

はっとした様子でクロは俺に視線を移す。

どうやらクロの目に映ったそれ、おそらく裸姿であろう俺を幻影だと認識してくれたみたいだ。

「今度の統括モンスターはどうやら匂いによって幻影を見せて、階層毎に強力なトロルの個体を作りだそうとしているらしい。多分トロルたちが見ていた幻影は、この階層の誰でもいいから階段を上りきったご褒美として体を差し出すとか、そんな甘いことを言うメスのモンスターの姿だったんだろう」

「それで殺して食べて鞭で打って……。トロルって匂いも見た目も動機も最悪……。これがこの先もずっと続くと思ったら……。って待って！　ということは……」

トロルに対して嫌悪感を露わにするクロだったが、突然何かに気づき、更に顔を赤くした。

「もしかして私の、その、見たの？」

「……。は、裸ではなかったぞ。だから、そのだな――」

「なんでちょっと歯切れ悪くなってるのよ！　私がキレるってそういうことだったの？　一也さんは

悪くないけど……。忘れて忘れて忘れて！」

クロは拳を作って俺の身体をポカポカと殴り始めた。

痛くはないし、これで許されるなら安いものだな。

「ってまだ裸一也さんが見えるんだけど！　もしかして一也さんにもまだ……。うああああああっ！」

余計なところに気づいてしまったクロは、我を忘れて全力で岩を殴った。それが原因なのか幻影は無事見えなくなったが……。表情を見るにクロの怒りは収まってくれていないみたいだ。

「許さない。こんないやらしい仕掛けでダンジョンの外にトロルたちを出そうなんて……」

「いや、よくよく考えてみればこの仕掛けでトロルたちを外に出すことは不可能。強い個体を作るのにはもっと違う目的がある気がする。それこそもっと私的なこと。例えばただゲームのように育成を楽しんでいるだけとか、トロルのレベルが上がるとどんな変化が起こるのか、というような疑問の解決や興味心を満たすためとか……。いや、もしかしたら強化することを目的としているわけじゃなく、ただトロルたちに自分たちの幻影を見せ、自分に酔わせることで悦に入っているだけとか……」

「モンスターがそんなのって……」

「人間に近いよな、そういうのって。それと気になるのは、もし俺の予想のどれかが正しいとすれば、統括モンスターは今の俺たちの様子をどこからか見ている可能性が――」

『あー、面白いわ。人間って……』

岩の前で監視されている可能性があるとクロに伝えようとすると、まるでそれが図星と言っているかのように俺たちの目の前に一匹のモンスターが姿を現した。

長い悪魔のような尻尾《しっぽ》に八重歯で銀髪。セクシーな服に身を包み、小さく黒い羽を動かす様子は妖艶といわざるを得ない。

限りなく人間に近いが間違いなくこれもモンスター。

『トロルは馬鹿で洗脳しやすくて、私に向けられる性欲で行動一つ一つがハチャメチャになっていくのが面白かったけど……。知性のある生き物はまた格別ね。それに魔力も経験値もトロルよりよっぽど美味しそう』

「……。お前が統括モンスターなのか？」

『私はサキュバスっていう種族で、あなたの言う統括モンスターで合っていると思うわ。魅了した相手や発情している生き物から魔力を吸って、経験値を得る。ちなみに今あなたたちが見ているのはマーキング済みの岩から発する匂いを元に作った幻影。そこはまだ匂いが薄いけど……。いっぱい欲情して私に経験値、魔力をもっともっと頂戴！　ふふふ、この高揚感とＨＰが減る感覚がまた堪《たま》らないのよね――』

「モンスターにもいるんだな、変態って」

『そんな風に言っていられるのも今だけよ。堅物な男がどうなるか、楽しみねぇ。私のスキル、匂いは幻影を見せるだけじゃなくて単純な発情の効果もあるから後々そっちの女の子に欲情して直接、なんてことになってくれれば面白いわ。ねぇ、そっちの女の子、もっと胸元を開いて頂戴。そうすれば早く――。あ、もしかして見せる胸がないのかしら？』

「……。一也さん、この岩壊してもらえる？　今すっごく不愉快」

「……了解した」

俺は怒気の籠もった声を発しながら少し顔を俯《うつむ》かせるクロの命令を聞き入れて岩を破壊した。

すると統括モンスターであるサキュバスの幻影は消えたが……。クロの表情は変わらない。

そんなクロの作る何とも言えない雰囲気は居心地が悪く、さっさと正常化を済ませたいと心から思う。

「クロ、急いで下に行くぞ。ただ拓海と朱音が来る前に同じような岩を全部壊しておかないとヤバいかもしれな――」

『サポーターとの親密度が上がりました。攻撃力バフスキル：乙女の寵愛《ちようあい》が解放されました。対象者に触れている間その対象の攻撃力が大幅に上昇します』

「なんでこのタイミングで親密度が？　攻撃力不足を感じていたからこれは有難いが。クロ、次の階層はしばらく俺に触れていてもらってもいいか？」

「えっ……。その、必要だなって思ったらね。ほ、ほらステータスポイントを振ればこんなの使う必要ないんじゃない？」

「それはそうかもしれないが、クロ、お前ちょっと様子おかしくないか？」

「そ、そんなことないって！　それより早くステータスポイント振ったほうがいいよ！」

「わ、分かった」

『ステータス』

名前：飯村一也
職業：弓使い【魔弓】（次回進化まで残り１９９）
年齢：28
レベル：３０１
ＨＰ：５８２／５８２
魔力総量：３３６
攻撃力：１１１４
魔法攻撃力：２７９
防御力：５６２
魔法防御力：５６２
会心威力：５４２００％
スキル：必中会心、変換吸収の矢、魔力矢、魔力弓、回復弓、転移弓、時空弓
ステータスポイント：0

俺は様子のおかしいクロをとりあえずそっとしておいてステータスポイントを振った。
この攻撃力と会心威力でも一撃で倒せないトロルのＨＰって……。

もしかしたら、ただＨＰが高いだけじゃなくてダメージ軽減系のスキルを持ち合わせている、或いはそういったバフをかけられている可能性もあるか……。

それにしても会心威力に依存してここまで突っ走ってきたが、そろそろピンポイントでそれが効かないモンスターが出てきたりするのかもしれない。

思えば『ノスタルジアの木』は俺だけではどうしようもなかったからな。

「ま、すぐにどうこうできる問題じゃないか……。おーいクロ！　ステータスポイント振り終わったぞ」

「――意識するな、意識するな意識するな意識するな意識するな……」

「おーい」

「ひゃっ！」

俺はステータスポイントを振り終わったことを伝えるために一人呟くクロの肩をポンと叩いた。

するとクロは体をびくっとさせて赤くなった顔で振り返った。

今まで妹みたいに接していたから、簡単に肩を叩いてしまったが……。よく考えればこれってセクハラになるのかも……。

「す、すまん。そうだよな、こんな風にされたら嫌だよな――」

「嫌、じゃない。そ、そのとにかく先に進もう！　こ、こんなことをしてる間にもみなみちゃんが何をしてるか分からないんだから」

「そ、そうだな」

さっきの幻覚のせいか、いつもよりその一挙一動からクロに対して女性らしさを感じてしまう。

「……まだ三十一階層。これは今まで一番きつい探索になるかもしれないな」

「――あ、こっちに階段があったよ！」

「意外に近いな。この辺りの階層は広くないし、サクサク進めそうで良かった。でもその前に……」

脳裏に不安が過り、ため息が漏れ出そうになると、それを遮るようにクロが下り階段を見つけた。

さっさと階段を下ってしまいたいところだが、折角時空弓なんていうものがあるんだ。ちょっと面白い仕掛けを残しておこう。

『時空弓、魔力消費10。魔力矢、消費魔力50』

俺はスキルを発動させると何もない天井に向かって魔力矢を連射した。

頭の中で一応さっきのトロルを想像して放ったため、矢は次の攻撃用に向けてストックされていく。

このままなら、次にトロルが湧いたタイミングで自動攻撃を始めてくれるはずだが、それだと拓海と朱音が来たタイミングで驚かせることはできないだろうから……。

『時間設定』

■時空弓設定
現在対象：トロル、ハイトロル、トロルテイマー
設定時間：ランダム射出適用中、対象発見から10秒後射出。変更可能
魔力矢ストック：50

範囲状態：小（スキル強化の度に拡大）

ターゲット設定の時と同じように念じると、思ったとおり専用の設定画面が眼前に表示された。

時間は決められると思っていたが、複数を選択できる、更にはランダムの射出のオンとオフの切り替えまでできるとは思っていなかった。それにスキル強化で範囲を広げられるというのも嬉しい誤算だ。


「時間を変更して……。ふ、これであいつらも驚いてくれるだろ」

「何か前にも似たようなことしてなかったっけ？　一也さんって意外に悪戯心があるよね」

「おっさんって言われてもおかしくない歳になりつつあるのに……。子供っぽさってのはなかなか抜けないもんだな」

「べ、別に悪い意味で言ってないよ！　ほ、ほら早く次の階層に行こ！」

「分かったから、そんなに服を引っ張るなって」

必死に否定するクロ。ちょっと意地の悪い返しをしちゃったかな？

まぁ、会話の勢いついでにいつもの距離感に戻せた感じがあったからよしとするか。

ただ、階段を下ってる最中に無理やり引っ張られるのは危ないが……。

「――それで今のって全階層に仕掛けるつもり？」

「ああ。魔力量もレベルアップで大分増えたし、トロルから吸収できる魔力量も多いから問題はないと思う。その時の拓海たちの様子を見てみたいが……。一番は急いで五十階層に到達することだからなぁ」

「……そうだよね。急がないと。うん。……恥ずかしいとかそんなこと、言ってる暇ないよね」

「――ぐ、お。う、えに……」

「またか」

「でも前より上ってる段数が多いよ」

急ぎ足で階段を下りつつも今後の話をしていると、再び目の前にトロルが現れた。

相変わらずの血だらけだが、さっき階段を上ろうとしていたトロルに比べると体つきがいい。

きっとこれはその分次の階層のトロルたちが強力になっているということを示しているのだろう。

「魔力消費20、魔力矢魔力消費50。レベルの上がった今なら魔力20消費の魔力弓と消費魔力50を費やした魔力矢でも手負いのトロルは一発で倒せるだろう。とはいえ消費魔力50分の魔力矢をストックじゃなくて一発分にまとめて射出するのは効率が悪いな。魔力弓に魔力を費やして再現するより手軽で早く対応できるのはいいけど、ここのところストックするって考えが薄れてる」

「……一也さん、その、私の力も使って」

俺が弓を構えるとクロがそっと俺の背中に触れた。

すると触れられている箇所から次第に全身が熱くなる。

魔力を回復する時に似ているが、それよりも緩やかで優しい。

「ありがとうクロ。魔力消費があるだろうから無理だけはするなよ」

「うん。分かった」

俺は一言クロに感謝をするとそのまま弓を引いた。

放たれた魔力矢はいつもより太く、そして速い。

魔力矢の見た目が変わるほどのバフ……。これ、どれくらい攻撃力上がってるんだ？

「確認するか……。えっと、『攻撃力：５５００』――」

――バンッ！

トロルの身体の中心に当たった魔力矢はそこに大きな穴を作り、衝撃によって穴を拡張。

結局トロルの身体は指先すら残らなかった。

魔力を大量に消費した魔力弓のバフよりも、クロのバフのほうが効果が高いのかもしれない。

「しかも反動なし、か。これならずっとクロに触ってもらってたほうがいいかも――」

「それはちょっと恥ずかしすぎるよ！」

「でもトロルのＨＰを考えると……。後で怒ってくれて構わないからしばらくは我慢してくれ」

「え？う、うぅ、……。はい」

恥ずかしがるクロの手首を跡にならないようにできるだけ気をつけて服の上から握り三二階層へと引っ張った。

クロは小さく呻きながらも了承してくれたようで抵抗してこないが……。帰ったらちゃんと謝罪はしないとな。デパ地下スイーツとかでしこたま買ってあげよう。

「――に、人間、殺す！　ぐへへ……」

「性欲に縛られていると思ったら最高に気持ち悪いな、お前ら。急いでるからさっさと死んでくれ」

階段を下り終わり、三二階層に踏み込む。するとより屈強な身体を持ち合わせたトロルたちが……。

それに三二階層全体に漂うサキュバスの体液の匂いが鼻腔《びこう》を擽る。

おそらくだが、この階層のトロルたちはマーキングした場所に自分の体を擦《こす》りつけ、匂いを階層全体に充満させてしまったのだろう。トロルたちがなんでそんなことをしたのかは考えたくもない。

「一也さん……」

「ああ、分かってる」

俺はクロが言おうとしていたことを何となく理解して、空いている片手と口を使って弓を引いた。

以前アーチェリーの試合で弓を口で引く人を見たことがあって試したが……案外上手くいくものだな。

あえて中央部にいる一番大きい個体のトロルの頭部に狙いを定めたその魔力矢は、案の定一撃でその身体を爆散させ、衝撃波を生み出した。衝撃波を受けただけの個体の内何匹かは生き残ったが、そいつらに反撃する程の力は残っていない様子。

「お前らには反撃の暇を与えるつもりはない。ふふ、それにしてもこの優位に立っている状況……快感だな」

「う、ぐぐ、し、死にたくない。ボ、ス……。うっ――」

俺は残ったトロルたちの処理をしてしまおうと次射を放つために再び弓を構える。

しかしそんな俺のやる気とは別に残ったトロルたちの身体はいきなり萎《しぼ》み始め、皮へと変わっていく。

サキュバスは経験値や魔力を吸い取ると言っていたが、精気まで吸い上げているのかもしれない。

HPが極限まで減ったことによってサキュバスに見限られた結果こうなったのだろうが……。

「情けないなお前ら」

性欲に振り回され悲惨な結果を産んだトロルたちに俺は侮蔑《ぶべつ》の視線を向けると、次にサキュバスのマーキングポイントである岩を見つけて急いで潰した。

それでも匂いはすぐには晴れず、俺とクロの鼻腔を擽り続ける。これ以上まともにこんなのを嗅がせられるのは流石にまずいか。

「クロ、これで口を塞げ」

「で、でもそれだと一也さんが……」

「俺は大丈夫だから」

「……んっ！」

弓の具現化を一度解除。俺はポケットからハンカチを取り出しクロに手渡そうした。しかしクロはその手を振り払って、俺の背中にぴったりとくっつき、今度は俺の服に顔を埋めた。

「これで、多分大丈夫。匂いも……。今鼻に抜けてくのはサキュバスのじゃなくて一也さんの匂いだから」

「そ、そうか？　そっちのほうが弓は引きやすいから助かるといえば助かるが……。クロ、さっきまで恥ずかしいって……」

「匂いを耐えるためだから仕方ないの！」

やけくそ気味に言葉を綴《つづ》ったクロは、振り向いても目を合わせようとしてくれず、黙り込んでしまった。

仕方なく俺はこの階層にも同じように時空弓による罠を張ると、ハンカチを口に当てながら次の階層へ駆け出した。

足取りはさっきまでよりも重く感じ、身体も熱い。それに胸の鼓動も……。

完全には敵の術中に嵌まっていないものの、トロルと同じく経験値や魔力を吸い取られているのは間違いない。それに……。

「キツイな。この匂いによる催淫効果。最悪トロルやあのサキュバスに欲情、なんてことも……。クロ、なるべく俺だけを見て――」

『サポーターの親密度が上がりました。耐性――』

「だからその報告……。今は止めてよぉ！」

俺が提案を口に出す前に、クロは唐突に上がった親密度上昇のアナウンスに照れて、より服に顔を埋めて自分で視界を遮った。

そしてそんな状態のまま数時間が経過し……。

「――うっ！」

――パンッ！

「大分消耗したが、結局アークトロル以上は出てこなかったな」

「統括モンスターが現れてからそんなに経ってないのが大きいね。でもアークトロルの攻撃痕《あと》を見ると、まともに攻撃を受けた場合致命傷は避けられないと思う。他の探索者が相手だったらもっと手強《てごわ》いモンスターに感じるのかも」

「そう言われれば……。会心威力を上げすぎたせいでその辺の感覚が少し狂い始めているのかもな。それに今はクロのバフもあるし」

「一也さんの力になれているなら嬉しい。でも私、本当は人間全体のサポーターとして機能しないといけないんだけどね。何かもう贔屓《ひいき》しちゃうっていうか、したくなるっていうか、一也さんが特別っていうか……」

「はは、ありがとうな」

俺たちは同じように戦闘を繰り返してトロルたちを殲滅《せんめつ》、ついに三九階層へ到達していた。赤い身体を持つアークトロルなんていうトロルの進化個体も現れ、階層ごとの攻略難易度は明らかに上がっていると感じられた。

だがそれでもクロのバフ効果のお陰で全て一撃。危なげなくこの階層までやってくることができた。それに弱い個体は俺が倒すよりも早くサキュバスが吸収してしまうから、実はそこまで大した数は倒していない。おかげで俺たちの体力やレベルに変化はない。

変化があるとすれば、クロの様子が徐々におかしくなっているという点くらい。

クロの荒い息遣い、服を摑む力は強くなっている。度々溢れだす涎を服で拭ってしまっているのも気になるし……。何より俺のことを過剰に褒めてくれるのは違和感が凄い。

その度俺は乾いた笑いで適当に誤魔化してはいるが……。クロがこれより変な行動を起こしはじめるのはもう時間の問題かもしれない。

ちなみに俺自身は不思議とさほど変化はない。

親密度のアナウンスをクロに遮られてしまったが、耐性という言葉が聞こえていたことから耐性バフみたいなものが発動しているのかもしれない。

「――よし、罠の仕掛け完了。四十階層にいるはずのサキュバス、統括モンスターを倒しに行くか」

「……」

「クロ？」

「あのね、一也さん、私、もう……」

クロは今までよりも息を荒くして俺の身体に両腕で後ろから抱きついてきた。

催淫効果がついに許容の範囲を超えてしまったのだろう。

「あともう少しだから耐えてくれクロ」

「――ふふふふふ、あはははははははっ！　やっと、やっと私の体液の効果に堕ちたわね！　本当にしつこい女だったわ。今度こそあなた好みの幻影を見せて完全にコントロールしてあげる」

クロに体を拘束されていると、視線の先にある階段から高笑いを上げるサキュバスが姿を現した。

その後ろには赤黒いトロル。階段を登りきるほどの個体がついにサキュバスの体液の効果で生み出されてしまったらしい。ただ、その顔は今にも死にそうといった感じではあるが。

「くっ！」

「その弓と矢が強力なのは知っているわ。でも残念、それはもう対策済みよ」

俺はクロに抱きつかれながらもサキュバスを狙って弓を引いた。

しかし魔力矢はサキュバスを狙ったはずなのに、赤黒いトロル目がけて一直線。

魔力矢は赤黒いトロルに命中するものの、爆散するどころか刺さりもせずに消えてしまった。

「私が直接丹精込めて作ったこのトロルちゃんはね、直接心臓を壊されない限り死なないし、他者からの攻撃を受けないの。その代わり一生痛みを受け続けて、今じゃご飯を食べることも喋ることも嫌がるの。放っておいたら何もできないクズモンスター。でもね、こうやって頭を撫でてあげると嬉しそうに笑うし、身を粉にして魔力矢とか魔法による攻撃を肩代わりしてくれるの」

「まるで奴隷《どれい》だな」

「可愛らしくペットって言ってくれるかしら。それにあなたもそのうち私の可愛いペットになれるわよ。そうねぇ、仕事を与えるなら経験値と魔力の献上と、私の性欲処理係ってとこかしら──」

──パチンッ！

「一也さんはあたし『の』だから」

「発情させたのが逆効果になるなんて……。面白い、面白いわ！　強気な女の子もとっても素敵よ！」

いつの間にか俺の身体から離れていたクロはサキュバスの頬を掌ではたくと、殺気の籠もった目に切り替わった。

「──くっ！　速いっ！」

「トロルと違って私は受けが苦手、でも攻撃には自信があるの」

続けてクロが拳を突き出そうとすると、サキュバスはそれを素早い蹴りで弾き、そのままクロの腹に一撃を入れた。

殴打する鈍い音が響き、クロは一瞬動きを止める。

「あははは っ！　痛い？　痛いのよね？　もっとその苦しむ顔を見せて頂戴！　コントロールするのもいいけど、こういう子はとことんイジメるのも楽しいわね！」

「くっ。全然、痛くない！」

クロはそんな嬉しそうに近づくサキュバスの顔目掛けて思い切り拳を突き出した。

するとサキュバスは油断していたからなのか反応しきれず、顎にクロの拳を掠らせた。

「あら……」

掠った箇所が顎だったということもあってか、サキュバスは身体をふらりと揺らめかせ、隙を見せる。

「へへ。油断しすぎ。もう一発喰らいなさい！」

「ナイスだクロ！　よし、俺も……」

クロが続けて殴りかかろうとするタイミングで俺もサキュバスとの距離を詰めて右腕を振り上げた。

「──う、くあぁぁあっ！」

突き出されたクロと俺の拳はサキュバスの顔面をへこませ、その痛みからかサキュバスは悲鳴を上げた。

俺はこの機会を逃すまいと、体勢を低くしたサキュバスに対して更に右足で踵落としを決めにいく。

おそらくこれが今の俺にできる一番ダメージを与えられる攻撃――

「なーんてね！」

「なっ！」

振り下ろそうとしている俺の足を両腕で摑み、笑ってみせるサキュバス。

そしてサキュバスはそのまま俺を力強く押し倒すと、馬乗りになってゆっくりと顔を近づけた。

「うふふ、私のトロルちゃんは主人と似ていて痛いのが好きみたいなの。だから私の受けた痛み、ダメージを分け合いっこしよって言ったの。そうしたら嬉しそうに頷いてくれてね。お陰でその程度の攻撃ならマッサージより刺激がないのよ」

「なるほど。お前が涼しげにダンジョンを移動できるのも、そいつにダメージを肩代わりさせているからか」

「ご明察ぅ。どう？　絶望した？」

サキュバスは俺の耳にそっと息を吹きかけた。

すると体は更に火照り、目の前のサキュバスの身体目指して勝手に手が伸びそうになる。

「うふふ。私に服従して言うことを聞いてくれれば好きなように私の身体をまさぐってもいいの。それに一緒にいたあの子も」

「ク、ロ……」

「はぁはぁはぁ……んっ。はぁはぁ……。一也さん、ダ、メ……」

俺の目に映ったクロは自分の肩を両手で押さえて、発情する自分の身体になんとか抗《あらが》っていた。

しかもクロは必死にサキュバスの元に近づき、攻撃を繰り出そうと……。

しかし、へろへろなクロの拳は簡単に避けられ、むしろカウンターをもらってしまう始末。

「クロ……」

そんな耐性バフがかかっていないであろうクロが根性を出して向かっていく姿は俺の鼓動を高鳴らせ、一つの衝動が胸の内から外へ溢れる。

「俺……。クロを守りたい。とられたく、ない。」

『サポーターとの親密度が上昇しました。自動耐性バフと乙女の寵愛が強化されました。サポーター自身が持つ耐性が向上しました』

自然と出た言葉に反応するようにアナウンスが流れた。

「これは……。これなら……。——退けっ！」

「え？」

親密度上昇によってバフの効果が強化されたことで身体に自由が戻ると、俺は両足でサキュバスの腹を蹴り飛ばした。

形勢逆転……。とまではいかないが、なんとか窮地は乗り越えられたか。

「一也さん！　私がここでサキュバスの相手をしておくから四十階層にあるはずのトロルの心臓を射抜いてきて！」

「任せて大丈夫なのか？」

「うん。それに今ので頭がはっきりして……。ちょっと落ち着きたいから一也さんがここから離れるのはむしろ助かる、かも」

「……分かった」

俺はあえて何も言及せずに四十階層に繋がる階段へ足を運ぶ。

きっとクロは今までの自分の言動を思い返して恥ずかしい思いをしているのだろう。

「あっ！　待ちなさい！　折角私がここまで出向いてあげたっていうのに……」

「あれ、焦ってるの？　まぁ、そのトロルがいなくなったらあんたなんて大したことないモンスターだもんね」

「……。あなた、それ本気で言ってるのかしら？　私……。あなたにそう言われるほど弱くはないわ！」

階段に足をかけるとサキュバスはそれを食い止めようと声を荒げた
だがそれをクロはわざとらしい挑発で妨害。

初めてサキュバスの声色に怒りが見えた
「それに私はお馬鹿でもないわ！　無防備にそんな大切なものを置いてくるわけがないの！　いくら強力なスキルを持つ人間でも、『あれ』の相手は無理！　……。ってもういないじゃないの！　あの男！」

「……。隙だらけだったからな。それにしてもここまで声が届くとか、どれだけ怒ってるんだよ」

俺はサキュバスが熱くなっているその間に、実はその声がギリギリ届く場所まで移動を完了させていた。

そしてそんな俺は階段を下るスピードをグングンと上げ、今度はその声が完全に届かなくなる場所まで移動。ついに四十階層への入り口が見えた。

サキュバスの相手をするクロのことも考えると様子見せず一気に突っ込まないとだな。

「魔力弓、消費魔力30」

俺は弓を構えながら階段を下るその勢いで四十階層に突っ込んだ。

そして敵を視野に入れるよりも前に、魔力矢を連射。

クロのバフがないとはいえ、これを受けられるようなモンスターがいるとは思えな――

「――ぐ、お？　お前、これ、欲しいのか？　でもあげない。俺、これを守る。あいつ、経験値を分けてくれる。俺、攻撃受け入れる。あいつ、俺の欲満たす」

俺の放った魔力矢は分裂し、目の前で突っ立っていたバカでかいトロルの肉を抉っていた。

だが、そんなことには動じずにバカでかいトロルはその手のひらにのせていた真っ赤なものを自分の口の中に放り込み、そしてその抉れた部分をあっという間に修復させた。

通常時にいるはずのボスは確かキングトロル。

キングトロルは十メートルほどの巨体で、重たい一撃を放つ代わりに動きが異様に鈍いモンスターと記憶しているが……。

「こいつは四十メートル以上ありそうだな……」

元々キングトロルのいる階層ということもあって他よりもかなり高さがある階層になっているはず

だが、こいつを見ているとそんな天井も低く感じてしまう。

跳ねるだけで天井が崩れてこの階層が埋もれてしまうんじゃないか？

サキュバスの口調からボスモンスターをも育てている可能性があると考えてはいたが、まさかこんな化け物を用意しているとはな。

「お前のお望みのもの、腹の中。もう手に入れるのは、不可能」

「腹の中か……。だったら、その腹ごと吹っ飛ばしてやるよ。『魔力消費２００』」

「お前の攻撃強い。だけど、俺は食べずに治せる、無駄――」

「それは初めの一発が俺の最大火力だった場合だけだ」

俺は魔力のほとんどを費やして魔力弓と魔力矢を顕現させて弓を引いた。

放たれた魔力矢は甲高い風切り音を発生させ、俺の身体にとてつもない反動ダメージを与えた。

間違いなくこれが今の俺の最大火力。

これで駄目なら後はクロの力を借りるしかないが――

「ぐ、あああああああああああああああああっ！」

「腕をクロスさせて守りを厚くした、か……。再生力は……速いな」

「はぁ、はぁ、はぁ……。危険お前。殺さないと、殺さない、っと！」

今の一撃で身の危険を察したのか、トロルは巨大な手で豪快になぎ払おうと再生した腕を振り上げた。

その動き自体は決して速くはない。ただ範囲が広すぎて避けるのは至難。

突発的に移動速度を急上昇できるようなスキルや朱音の場所を入れ替えるスキルがあれば話は別なのだろうが、現状は反動のダメージで動くこともままならない。

「もう一発撃ち込むしか……」

「死ねっ！」

俺はやっとの思いで弓を引き、迫り来るトロルの腕に矢を放つ。

「――な、んで……」

しかし、放たれた魔力矢は分裂し腕ではなく、トロルの両脚に一直線。思えばさっきも腹目がけて矢を放ったはずなのに腕に直撃した。

サキュバスの連れていたトロルと同じくデコイのスキルを持っている、それもこっちのトロルはデコイの役割を自分の身体の各部位ごとに担わせることができる強化スキルだと考えられるだろう。

とにかくこうなったら少しでも急所を守って致命傷だけは避けないと。最悪の場合死ぬ！

「――うぐっ！　……ん？」

「やった！　やった！　ヒット！　ヒィィィットォォオオオッ！　……オ？」

「……。あまり痛くない」

頭を両腕で覆いガードしただけだったが、不思議とダメージは少ない。手加減された？

「そんな……。そんなそんなそんなそんなぁ！　俺、思い切りやったのに！　くそっ！　もう一回っ！」

トロルのこの慌てよう……。本気で攻撃してきたというのは嘘ではないらしい。

しかしもう一度振り下ろされたその巨大な手によるなぎ払いはやはりそこまで痛くない。

なんなら反動による痛みのほうが大きいくらい……。ここまで痛みを感じないのって……。

「……。そういえばこのレベルになってからまともに攻撃を受けていないな。もしかして……。単純に俺のレベルが上がったからなのか？」

今まで特殊なモンスターと戦いすぎていたから忘れていたが、本来この階層に出るモンスターなど300レベルを超えた探索者にとって敵じゃないはず。

それとトロルの最大の特徴であるＨＰに気を取られていて、その攻撃力に今まで注視できていなかったが……。こいつら攻撃は大したことないのでは？

「ふ、びっくりするほど見かけ倒しだな」

「お前……。握り潰してやる！」

トロルは俺の言葉に怒りを覚えたのか、そのまま俺の身体を両手で包み込むと、顔を真っ赤にしながら力を込め始めた。

だが……

「うっ……がだい」

「痛い、が……。耐えられる。お前、もしかして弱いだろ？」

「うるさい！　うるさいうるさいうるさい！」

「子供みたいだな。喚く余裕があるならもっと力を入れたらどうだ？」

そう言いながら俺は片腕でトロルの両手の間に無理矢理隙間を作り、口での弓引きを行う。

「う、ぐ……」

「うあああああああああああああっ！」

しっかりと弓を引くために使っていた奥歯が衝撃によって欠けたが、その甲斐もあってトロルの腹部分は抉れ、俺は拘束から解放された。

「こ、れだけはっ！」

「させ、ない……」

トロルは抉れた腹から零れ落ちた心臓を拾おうとする。

俺はそれを阻止するため、身体の痛みに堪えながら今度は両手を使って弓を引いた。

すると慌てていることでデコイのスキルが解除されたのか、魔力矢は俺が狙っていた右手、更には左手や頭部を目掛けて分裂。各部位の肉を抉った。

「再生する前に、もう一発！」

俺はすぐに再生しようとするトロルの各部位を見つめてもう一度弓を引く。

再生される暇は与えない。

「――うっぐ……。二発撃ちこんでもまだ……」

放たれた魔力矢はトロルの上半身を穴だらけにし、残った下半身をパタリと地面に落とした。

どうみても戦闘不能、それどころか死んでいるはずの見た目だが、下半身はピクピクと動き、断面はじゅくじゅくと音を立てながら再生しようとしている。

これはあれだ。切られたばかりの蜥蜴《とかげ》の尻尾や頭を潰されてもがく害虫に似ている。

「そっちがまだその気なら……『回復弓』」

俺は軋《きし》む身体に鞭を打ってもう一度弓を構えると、回復弓で痛みを誤魔化しながらトロルに近づく。

だが、近づいてよく見るとトロルの身体は再生を試みているだけのようで一向に元の形に戻る気配がない。

再生という強力なスキルを発動させ続けるにはそれ相応の魔力が必要なはず。

ここまで削れてしまった身体にはそのスキルを十分に発揮できる魔力が残っていないのだろう。

「わざわざ止めを刺してやる必要はないか。だったら先にこっちだな」

俺はトロルを無視して地面に落ちている赤いそれに目を向けた。

直接身体に繋がっていないのに、脈を打つ心臓。

グロテスクな見た目に喉の奥から何かが込み上げてきそうになるが、ぐっと堪えてその上に足を置く。

——ぐちゃっ……。

力を込めて押し潰すと、トロルの心臓は血を噴き出しながら地面と一体になる。

あれだけ厄介だと思っていたあのトロルもこれで死ぬと思うとなんだか呆気ない。

『——レベルが303に上がりました。ステータスポイントを2獲得しました』

アナウンスが流れ、上にいるトロルの死亡が確定する。

これでクロが少しでも楽に戦えるようになっているといいんだが……。

「まだ身体が痛むが、早く戻って加勢に行かないと——」

――しゅう……。

クロの身を案じ、休むことなく上り階段へ向かおうとすると、放っておいたトロルの身体が空気の漏れるような音を響かせながら萎み始めた。

これはここへ来るまでに幾度となく見てきたサキュバスによる吸収。

ただ、穴だらけ状態のトロルを吸収したところで大した自己強化にならないとは思うが……。

「……走るか」

一抹の不安を感じとった俺は、まだまだ痛む身体を無理矢理動かして階段を駆けていく。

不安によって高まる胸の鼓動は気持ちが悪く、不思議と呼吸がしにくくなる。

「もっと早く、早く……。クロ……。――クロッ！」

サキュバスの体液の効果がまだ残っているのか、クロのことを思うと口から勝手にその名前が溢れた。

そうして階段を上りきった先で俺の目に映っていたのは地面に横たわるクロと一匹のモンスター。

モンスターは正に悪魔と見間違うほど凶悪な顔で、その頭には二本の禍々しい角が……。

「なんだ、こいつ……。サキュバスはどこ――」

「ふふふふ、お帰りなさい……。まさか『あれ』があなたに負けるなんて思わなかったわ。でも、この姿になった私は『あれ』よりも遙かに強いの。さぁあなたもこの子みたいに痛めつけて……たぁっぷりと調教してあげる」

聞き覚えのある笑い声。どうやら俺の不安は的中してしまったようだ。

「……。デコイ役がいなくなったくせに強気なんだな」

「あなたこそ、デコイがいなくなっただけで随分と憎たらしくなったわね。でも、そういう子ほどいい声を上げてくれる。私を楽しませてくれる」

「……悪趣味だな」

「すぐにあなたもハマってくれるわよ、ふふふ」

サキュバスは笑いながらゆっくりとこちらに近づき始めた。その表情を見るに、階層移動のダメージは赤黒いトロルがいなくなったことで役目を終了したと判断され消えてしまったらしい。

「――転移弓、魔力消費10。魔力矢、魔力消費70」

俺はサキュバスを討ち取るため新たに転移弓を具現化させた。

解除したことで回復弓の効果も一度消えてしまうが、HPは大分回復できているし、サキュバス相手なら強い反動ダメージを受けるような弓は不要なはず。

「その前にお前を殺してやるよ」

「できるものならやってみな……さいっっっ！」

俺が弓を引くと同時にサキュバスは翼をはためかせて急激にスピードを上げた。

ちなみに話している最中ターゲット設定を弄《いじ》ったが、サキュバスの名前は『デモンサキュバス』に変わっていた。

いわゆるサキュバスの進化体ということなのだろうが、通常のサキュバスの姿のほうが強者感を感じられた気がしなくもない。それに不用意に突っ込むなんて普通のモンスターと同じ。

「――矢が飛んでこない？　消えた？　いや、攻撃を止めた？」

「いや、ちゃんと放ってるぞ」

俺が転移弓を使って狙ったのはデモンサキュバスの羽。

既に魔力矢が黒い空間から顔を出しているが、それが背後に現れているからか、それとも勢いよく迫ってきているからなのか、デモンサキュバスは魔力矢の存在に気づいていないようだ。

間違いなく魔力矢は当たる。それでもその隆起した筋肉が印象的な太い腕を差し伸ばすデモンサキュバスを脅威に感じた俺は、攻撃の範囲外から出るため後方に飛んだ。

「強がったって結局逃げ――。うぎゃいあああああああああっ！」

「両翼と背中の三点に命中。デコイに頼り切っていたお前にとってこの攻撃は効くだろ？」

「あああああああ！　痛いっ！　痛くて……気持ちいいっ！『ペインブースト』！」

翼を失い背中が抉れたデモンサキュバスはダメージを負っているというのに嬉しそうな顔を見せる。

しかも勢いは失われることなく、むしろ力強く拳を撃ち出してきた。

「ぐあっ！」

俺の腹部を襲った重い一撃。だが直に拳が当たったわけじゃない。

おそらく拳を撃ち出したことによる衝撃波が攻撃となって襲ってきたのだろう。

「そんなので、さっきのトロルより攻撃力があるのか……」

「『ペインブースト』。痛みをバフ効果に変え、自分を強化するスキル。それは自分自身が受けた痛みは勿論、対象にしたモンスターや人でもいい……。つまり私は叩いて叩かれて、強くなれるの。ふふ、あはははははは！」

「なるほど……。だが、痛みを感じる前に死んでしまったらそのスキルも意味ないだろ？　時空弓、魔力消費30」

俺は時空弓に切り替え発射時間を三十秒後に設定すると、さっき消費した魔力分ストックさせた全ての魔力矢を空中に放った。

さっきのトロル同様に大量に魔力を消費して一撃必殺を狙うのはあまりにリスキー。

一度攻撃に耐えたことは驚いたが、ボロボロの見た目からしてデモンサキュバスの残りＨＰは多くない。

であればデモンサキュバスを殺すにはこれで十分。

「消えた？　もしかしてまた同じ攻撃？　残念だけど一度見た技は大体見切れるのよ、私。ってあれ？　後ろじゃないのかしら？　ん？」

「攻撃まで時間が短く範囲の広い転移弓に比べて、こっちは範囲が狭くて時間がかかるんだ。ただし……転移弓では不可能だった多方一斉同時攻撃が可能」

――にょん。

俺の説明が終わる頃、デモンサキュバスを取り囲むように大量の魔力矢が空中に顔を出す。

「しかも分裂と違って当然威力は下がっていない。全射出の時間だ」

「これは流石にまずいわね……。ふぅ……。これは楽しむのを止めて外に向かえ、っていう合図なのかしらね。嫌だけど、仕方ないわ……。欲望を貪《むさぼ》る内なる獣を全解放する……『溺欲心体《できよくしんたい》：全纏《ぜんてん》』」

時空弓により魔力矢に取り囲まれたデモンサキュバスは身体を発光させ、俺の視界を奪った。

「眩《まぶ》しい……が」

目眩《めくら》ましだけでなく何かをしようとしているのだろうが、俺の攻撃はもう止まらない。

大量の魔力矢が放たれる音が響き渡ると俺は自分の勝ちを確信。

そのまま視界がはっきりしない状態で倒れ込んでいるクロのもとへと足を運ぶ。

「――クロ、大丈夫か」

「う、う……。一也さん？」

「なんとか無事みたいだな。ここの統括モンスターは倒した。一度安全な場所に移動して回復を――」

「ぐあが……」

「一也さん後ろっ！」

おぞましい鳴き声と焦るクロの声に反応して振り返る。

するとそこにはサキュバスだったころの面影など一切見られない、より化物らしくなったそれが一匹。

そしてそれは四翼四腕の真っ黒な巨体でその拳全てを振り上げて、俺を殴ろうとしている。

「――くっ！」

「一也さん！」

突然のことに思うよう足が動かない俺をクロが咄嗟に押し飛ばす。

そのお陰で拳はギリギリの場所に振り下ろされ俺は難を逃れることができた。

「……ありがとうクロ、助かった」

俺は拳が振り下ろされた地面を見てからクロに感謝を告げた。

攻撃時に鳴った地響き、そして拳の振り下ろされた先の地面にある大きなへこみと亀裂から、その攻撃力が四十階層にいたトロルと比にならないほど高いのは間違いない。もらってしまえば致命傷は避けられない、それどころか……。

「――ぐ、あああああああああ！」

攻撃を外したことに苛立《いらだ》ちを感じたのか、天を仰ぎ咆哮《ほうこう》するそれ。

その姿はまさに獣そのもの。もう人の言葉を使うこともできないだろう。

「うぐあ……」

「また……。私が盾になるから一也さんは距離をとって！」

「時空弓解除。魔力弓魔力消費30、魔力矢、魔力消費10。……クロを盾にできるわけがないだろ」

俺はクロの言葉を無視してそれ、変化後の名前である『デモンルイン【色欲】』の文字をタップしてターゲットに設定。再び殴りかかられる前に弓を引いた。

時空弓による攻撃ダメージは進化することで起きたＨＰ回復によって相殺《そうさい》された可能性が濃厚。であれば今放った魔力矢は有効で――。

「すぅ……」

向かってくる魔力矢に対してデモンルイン【色欲】は避ける素振りをまるで見せない。それどころか、欠伸《あくび》のように口を大きく開けてゆっくりと息を吸う。

　すると……。

「魔力矢が、縮んだ？」

　デモンルイン【色欲】が吸い込みを強くすればするほど俺の放った魔力矢は縮み、着弾するころには本来の十分の一程度の大きさに。

　会心の一撃は発動しているものの、魔力矢には相手を倒すどころか部位を破壊する力もなくなっていた。

　チクリと刺さった魔力矢は呆気なく消え、デモンルイン【色欲】は嬉しそうに近寄る。

　三十一階層から四十階層の探索中ずっと気にかかっていた火力不足がここでも問題になるとは。

「が、あがあああっ！」

「魔力弓再具現化、消費魔力250！」

　唐突に吠えたデモンルイン【色欲】の口からピンク色の煙が立ち上ぼり、俺は以前嗅いだことのある匂いだと気づいた。

　あれがこの部屋に充満したらまずい。

　咄嗟に脳が危険を察して俺は今まで以上に魔力を費やして魔力弓を具現化。

　これで仕留められなければ――。

「一也さん……」

　デモンルイン【色欲】のこの匂い、催淫効果を受け、再び発情したのか、クロは弓を引こうとする俺の手を躊躇なく握る。それによって攻撃力にバフがかかり、催淫効果はデモンルイン【色欲】にとって悪手となる。

「――反動によるダメージがどれくらいになるか分からない。頼む、一撃で死んでくれ」

ぽつりと呟くと俺は祈るように弓を引いた。

そして放たれた魔力矢は閃光となり、地面を抉りながらデモンルイン【色欲】の元へ。

するとデモンルイン【色欲】は慌てて息を吸い込む。

だが既に閃光のように駆け抜けた魔力矢はデモンルイン【色欲】の喉元に。当然威力を維持できたまま魔力矢は着弾。弾け飛ぶ肉と衝撃波はピンク色の煙をかき消し、鼻腔を突き抜けるこの刺激臭も和らぐ。

ただ発生した衝撃波は単純に魔力矢の威力によるもので、いつも見ているダメージの余剰分を与える衝撃波ではない。

デモンルイン【色欲】は今の一撃で地面に伏したが……。まだ、生きている。

「や、ば。腕が……」

250もの魔力を消費して生み出した魔力弓による反動を受けて、俺たちはこの階層の壁まで吹っ飛ばされ、更には背中を打ちつけていた。

しかしそんな背中に受けた痛みなど気にならないくらい両腕から流れる痛みと痺れが強烈で、俺は立つことさえも難しくなってしまった。

俺もデモンルイン【色欲】もグロッキー状態。

次に動いたほうが勝てると言っても過言じゃないそんな状況。

「う、ぐああ……」

「あと、あと一発撃てれば……」

身体を震わせながらも、なんとか起き上がろうとするデモンルイン【色欲】。

このままだと俺たちの受けたダメージと自身が負ったダメージでスキル『ペインブースト』が起動、より強化された一撃が飛んでくるかもしれない。

俺はそんな焦燥感を感じながら必死にその場で藻掻く。すると俺の手に温かく柔らかい感触が……。

「──この手は、クロ？」

「一也さん、後は私に任せて。はあああああああああああああっ！」

デモンルイン【色欲】が瀕死状態にあるからなのか、催淫状態から脱したクロは俺の手にそっと触れ、微笑《ほほえ》みかけてくれると、雄叫びを上げながらデモンルイン【色欲】の下に駆け出していった。

クロだって戦闘でダメージを負っている。きっと動くだけで痛みがあるはずだ。

相手が瀕死状態とはいえ、勝てる見込みは薄い。

「う、ぐあ……」

「きゃっ！」

案の定クロは瀕死状態のデモンルイン【色欲】の攻撃を避けることが難しいようで、一発打ち込んではカウンターを喰らって地面に伏し、少しして立ち上がるとまた一発打ち込んでカウンターを喰らう。

痛々しい捨て身の戦法で戦いを繰り広げるその姿は、見ているこっちがしんどくなるほど。

いくら相手が瀕死だからってこのままじゃそのうち……。

「――う、ぐあああああっ！」

それを何度も繰り返していると、デモンルイン【色欲】は咆哮し、その口の奥を輝かせ始めた。

おそらく捨て身覚悟のデカい一撃を放つつもりなのだろう。そんなの今のクロが受け止めきれるわけがない。

「くっ！　動いてくれ、俺の身体ぁぁぁあああああっ！」

みしみしと音を立てつつも少ししか動かない身体。

このままじゃクロが殺される。

何かデモンルイン【色欲】の邪魔をする方法……。なんでもいい、とにかくあれに攻撃を……。

『設定時間前ですが、使用者権限により仕掛けた魔力矢を現在可能な最短時間で全射出します。カウント、3、2……』

「すぅ――。う、ぐっ！」

「絶対させない！」

時空弓で仕掛けた魔力矢が顕現すると同時にデモンルイン【色欲】は動きを止めて、魔力を吸収しようとした。

だが、それを察したクロがその背後をとり、がっちりと首を絞める。

「「いけえええええええええええっ！」」

『――0。Fire』

俺とクロの叫びに反応するように魔力矢は放たれ、ついにデモンルイン【色欲】の全身は弾け飛び……。

『――レベルが310に上がりました。ステータスポイントを14獲得しました。サポーターとの親密度が上がりました。サポーターのスキル：リジェネが強化されました』

勝利のレベルアップアナウンスが流れ、変換吸収の矢によって回収される膨大な魔力が身体の中に滞留し始めた。

勝ったという高揚感とそれが交じり合い、テンションを強制的に上げてくれる。だがそれに浸るのは後。

今はデモンルイン【色欲】が弾け飛んだのと同時に倒れたクロの容態を確認しなければならない。

「クロ、大丈夫か？　やったぞ、倒したぞ」

俺は痛む身体でクロのもとに向かおうと、地面をみっともなくゆっくりゆっくり這う。

回復弓で回復したいところだが、弓を掴もうとするだけで激痛が走るためそれもできない。

本当はこうして移動しようとするのもしんどいが、きっと俺よりもクロのほうが……。

そう思うと、その場に留《とど》まっていることはできなかった。

「――クロ？」

「一也さん……。へへ、ちょっと疲れちゃった」

「そっか。お疲れ様、ありがとう」

あれだけの攻撃を受けて辛いはずなのに、心配させないためわざと笑顔を見せるクロ。

その表情に俺は情けなさと申し訳なさと……愛おしさを感じた。

もうデモンルイン【色欲】が放っていたあの煙は霧散していて、体液による匂いも消えているっていうのに。

「――『リジェネ』。強化されたみたいだから、すぐに効果は出ると思う」

芋虫のようにのそのそと移動する俺のもとにクロが俺よりもちょっとだけ速いスピードで近づいてくると、頭をこつんとぶつけてリジェネを発動してくれた。

今までのリジェネと比べて確かに効果は上がっていて、指先から痺れが抜けていく。

とはいえ、自由に動き回るにはまだ時間がかかりそうだ。

「クロ、今回はごめんな。お前におんぶに抱っこで……。俺一人じゃ絶対に勝てなかっ――」

「折角勝ったんだから今は反省しなくてもいいよ。そもそも私はサポーターなんだから、人間、一也さんの役に立つのは当たり前でしょ」

「そうかもしれないが……。帰ったらなんでも驕《おご》ってやる。パフェでもケーキでも好きなものを好きなだけ」

「うーん……。それも嬉しいけど……」

クロは物足りなそうな表情を見せるとすっと俺の横に移動した。

そしてクロは両手で俺の右手を摑むと今度は悪戯な表情で顔を覗き込んできた。

「――『クロをとられたくない』ってあれ、もう一回言ってもらってもいい？」

「なっ！　そ、それは……」

予想外の発言に俺は思わず素っ頓狂な声を上げてしまい、火照った身体は余計に熱くなる。

「へへ、動揺する一也さん、ちょっと可愛い。クロ『の』一也さんはこんな表情もするんだなぁ」

「クロ、お前まだ匂いにあてられているんじゃ？」

「……そうかも。ううん。きっとそう。だから一也さんも匂いにあてられているんだから、ちょっとくらい恥ずかしいこと言っても大丈夫だよ」

「はぁ。親密度が上がるとズル賢くなる設定にでもなってるのか？」

「賢い分には戦闘でも有利だからいいんじゃない？」

「……俺の負けだよ。いいか、こんな恥ずかしいこと一回しか言わないからな。その、えっと……。

クロを、と、とられ、たくない……」

「えー小さくて聞こえなかったんだけどぉ。もう一回言ってよ」

「一回だけだって言っただろ？」

「ケチ。……でも嬉しい」

クロは俺の横にぴったりとくっついて嬉しそうに微笑んだ。

恥ずかしかったが満足したならそれでいいか。

そう思いながら俺は疲れた体を癒《い》やすためにそっと目を閉じて体の力を抜いたのだった。

「――飯村君大丈夫……って何してるの二人で！」

「え？　あ！　え、えっと、これは身体が動かなくてな。それに動けてもしばらくはそっとしてやろうと思って……」

「んぅっ。もう食べれないよ……」

身体を癒すためにクロと二人で地面に横たわること数時間。俺の視界には眉間《みけん》に皺を寄せた朱音の顔とその側で頭に手を当てながら『呆れた』と言いたそうな拓海の姿が映った。

二人のそんな表情に少し焦りを感じつつも、同時に安堵感とこの結果を自慢したい気持ちを覚える。

本当に俺たちだけで四十階層突破できたんだな。なんか実感が今更湧いてきた。

今までのモンスターと比べてしぶとい敵ではあったけど、ヒューマンスライムを倒した時よりもレベルだけじゃなくて、判断とか行動とか覚悟とか……俺は間違いなく強くなっている。

この短い期間で、クロと出会ったあのときよりも、遥かに。

佐藤さんの元へ向かうため急いで五十階層へ向かわなければいけないことに変わりはないけど、この充実感……今だけは自分たちを誉めてあげてもいいのかもしれない。

「頑張ったな、俺たち。でも……【色欲】、か」

色欲。

その冠名からしてあと六匹同じような統括モンスターがいるのは明白。

しゃべり、知性が高く、モンスターを使役できる。

面倒な敵になることはまず間違いないだろう。

おそらくデコイだけではなく、俺の会心や魔力矢に対して有利なスキルを使ってくる可能性が高い。

強くなったとはいえ、こういったスキルを扱われた場合、今の俺にできる対処法は少ない。

最悪道中のモンスターにそういった相性の悪い敵が出てくる可能性もあるし……。

今後の探索のためにもその問題点は排除しておきたいが……。

「だからって朱音や拓海に聞くのもな……」

寝ているクロに注視している二人を横目で見る。

ダンジョンの異変で今は協力関係となっている二人だが、そもそも俺が二人、それだけじゃなく他の仲間にもついていけなくなってからしばらく、まともに口をきいてこなかった。

それどころか、拓海に関しては見返したいと思ってさえいた……。

今更になってアドバイスが欲しいなんていうのはあまりにも気恥ずかしすぎる。

あくまで拓海と俺の関係は——

「一也、お前はそれでいいんだな?」

そんなことを考えていると、いつの間にか俺に視線を向けていた拓海が声をかけてきた。

その目は普段の力強いものに拍車がかかり威圧感さえある。

きっとこの質問の意図は……。

返答を誤ればさっきまで思い浮かべていた『ライバル』という言葉を通り越して『恋敵』として、良化してきた関係はまた悪化するのだろう。

なら俺は……。

「——なんの、ことだ?」

はっきりと答えなければいけないと思った瞬間、走馬灯のように流れたクロと朱音との思い出。

その結果俺は自然と言葉を濁してしまっていた。

学生時代からの付き合いで、ずっと俺のことを気に掛けてくれていた朱音の顔。

そして出会ったのは最近、一つ屋根の下で暮らし、共にこの窮地を乗り切ったクロの寝顔と、初めて俺があげた『飴』を口にした時の顔。

二人のいろんな顔が俺を悩ませ……。


──あれ？

最初クロにあげた食べ物って……『飴』、だったか？

記憶が……。

忘れているだけか？

いや、それにしては違和感が……。

「──とぼけた顔しやがって……。はぁ、仕方ないな。もう一回分かりやすく聞くぞ。なぁ一也、クロちゃんでいいんだな？」

もう一度拓海に質問をされた時、俺の頭にはクロでありクロでないような、少しぼやけた映像が流れ、やはり俺の口からはっきりとした答えは出てくれそうもなかった。

《了》

あとがき

お酒は苦手です。

皆様初めましてある中管理職と申します。


この度は拙作『会心威力依存型最強弓使い～ダンジョンの現れた世界で無能スキル《命中補正》が覚醒しました！強化した100％会心の一撃になる矢を放って最速レベルアップを開始します～』1巻をお手にとっていただきありがとうございます。

各小説投稿サイトにて投稿をさせていただいておりました今作品があらゆるご縁の元皆様の手に届く日が来るとは、あとがきを書いている今でも信じられない思いです。


さて少し作品について触れさせていただきますと、本作品は『とにかく爽快感のある戦闘を』、というのが執筆前から自分の中で1つコンセプトとしてありまして、苦戦を強いられる場面を作ったとしてもできるだけ派手に一気に決まるよう心がけたつもりです。

そのせいで戦闘シーンが思いの外あっさりと終わってしまった、といったこともあり、なかなか頭を悩ませられましたが……。

そんな悩んだ戦闘シーンも読了後の満足感に繋がっていれば幸いです。

またキャラクターに関しては朱音のエピソードを加筆させていただきまして、我ながら朱音には中々無茶な服装をさせてしまったと思いました。ですがイラストレーターのkodamazon様の素晴らしいデザインで朱音というキャラクターを一層魅力的に仕上げていただくことができました。

自分の趣味嗜好《しゅみしこう》がもろに表れたキャラクターで少し気恥ずかしさもありますが、クロや主人公の一也と共に朱音というヒロインも好きになっていただければ幸いです。

最後になりますが、素敵なイラストを描いていただきましたkodamazon様、頼りに頼らせていただきました編集者様、各関係者の方々、そして本作品をお手にとっていただいた初めましての読者様、各小説投稿サイトから読んでいるよ、という実は初めましてではない読者様に改めまして感謝を申し上げます。

お読みいただき本当にありがとうございました。

今後も執筆活動を続けて参りますので、お見かけされた際は温かい目で見守っていただけると幸いです。

会心威力依存型最強弓使い 1
～ダンジョンの現れた世界で無能スキル《命中補正》が覚醒しました！ 強化した100％会心の一撃になる矢を放って最速レベルアップを開始します～

発　行
2023年9月15日　初版発行

著　者
ある中管理職

発行人
山崎　篤

発行・発売
株式会社一二三書房
〒101-0003　東京都千代田区一ツ橋2-4-3 光文恒産ビル
03-3265-1881

編集協力
株式会社パルプライド

印　刷
中央精版印刷株式会社

作品の感想、ファンレターをお待ちしております。

〒101-0003　東京都千代田区一ツ橋2-4-3 光文恒産ビル
株式会社一二三書房
ある中管理職 先生／kodamazon 先生

Printed in Japan,ISBN978-4-8242-0030-3 C0093

※本書は小説投稿サイト「小説家になろう」（http://syosetu.com/）に
掲載された作品を加筆修正し書籍化したものです。